사랑하는

에게

이 책을 바칩니다.

국립중앙도서관 출판예정도서목록(CIP)

사랑에대한 대답 / 지은이: 이일화. -- 서울 : 유림프로세스
, 2014
p. ; cm

ISBN 978-89-98771-03-4 03800 : ₩12000

산문(문장)[散文]
한국 현대 문학[韓國現代文學]

818-KDC5
895.785-DDC21 CIP2014021076

사랑에 대한 대답

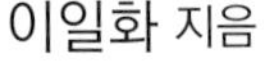

이일화 지음

추천의 말

사진으로 어우러진 잠언집이 친구의 손에 의하여 출간이 되었습니다. 참으로 삶의 진솔한 경험과 삶의 한 단편임을 보게 됩니다. 또한 생의 깊은 통찰력에서 얻어진 글들임을 보게 됩니다.

아름다움을 추구하고, 더 나은 삶을 살기 위하여, 지금까지 지나 왔던 삶을 이야기하는 것은 아마 후배들에게 더 나은 인생을 권고하는 메시지일 것입니다.

청춘을 어떻게 보내야 하는지를, 나이를 먹을수록 젊은이들에게 아름다운 얼굴을 가꾸며, 스펙을 쌓아 더 풍요롭게 사는 방법을 깨우치고 싶어지는 것은 성형외과 전문의로서도 항상 갖고 있는 마음입니다.

어떻게 자신을 꾸미며, 어떤 멋진 생을 살 것인지, 그리고 어떤 좋은 직업을 가질 것인지, 더 많은 돈을 어떻게 벌며, 인간관계는 어떻게 유지하고, 어떻게 더 건강하고 여유롭게 살아갈 것인지, 이 책을 읽으며 한 번쯤 생각해 보는 것은 좋은 일일 것입니다.

대학을 졸업하고, 전문적인 지식을 습득하고, 더 나은 생을 추구하는 것은 인간의 기본적인 욕구입니다. 이 책은 잠시나마 여러분의 마음을 식히며, 여러분의 생을 돌이켜 보게 할 것입니다.

의과대학을 졸업하고 성형외과 전문의로 활동하며, 아름다운 몸매와 예쁜 얼굴을 원하는 젊은이들을 만나며, 그 마음의 이야기를 들을 때가 있습니다. 우리의 현실은 경쟁의 연속입니다. 잠시도 긴장감을 늦출 수 없습니다. 이런 상황속에서 좋은 글을 읽으며, 잠깐의 여유를 가져 보시기 바랍니다.

그 매력이 넘치는 몸매와 예쁜 얼굴만큼 또 내-면으로는 지식과 교양을 쌓아간다면, 그 모습은 더욱 빛나고 기품 있고, 뭇 사람의 관심을 끄는 멋진 모습이 될 것입니다.

이 좋은 글들이 여러분의 마음을 풍요롭게 가꾸어 갈뿐만 아니라, 더욱 더 평화롭고 행복한 삶의 지평을 열어가기를 바라는 마음에서 여러분들에게 적극 추천해 드립니다.

2014년 7월
드림성형외과그룹 대표원장
(주)닥터드림 대표이사
박 양 수

추천인의 약력

약력

- 서울대학교 의과대학 및 동 대학원 졸업
- 서울대학교 의학박사
- 서울대학교 성형외과 전문의
- 김수신 성형외과 부원장
- 삼성서울병원성균관의대 외래교수
- 서울대학교 의과대학 성형외과 초빙교수

학술활동

- 대한성형외과 정회원
- 대한미용성형외과학회 정회원
- 대한두개안면성형외과학회 정회원

들어가며

우리는 항상 밝고 환한 미소를 가진 우리의 친구를 곁에 두고 싶어 합니다. 왜냐하면 그 친구를 보면 나의 마음도 밝아지기 때문입니다. 그런 친구를 곁에 둘 수 있는 사람은 행복한 사람입니다. 삶의 지평을 잃어버리지 않을 수 있기 때문입니다.

때 묻지 않은 순수한 영혼의 친구를 곁에 두는 것 또한 즐거운 일입니다. 이 세상의 험한 물결을 거슬러 잠시 쉬어갈 수 있기 때문입니다. 모든 것을 다 잃어도 사랑의 마음과 몸의 건강을 잃지 않는다면, 다시 재기할 수 있고 더 나은 미래를 설계할 수 있습니다. 피곤하고 어려울 때, 재기의 힘을 돋우며 위로와 격려를 아끼지 않는 친구는 그래서 더욱 소중합니다.

매일 아침 회사로 길을 나서는 여러 지인들의 모습은 행복한 모습 그대로입니다. 남들과 다르게 미소를 띄우며 다른 사람의 어려움을 돕고 싶어 하는 행복하고도 아름다운 모습이 그 걸음걸이 속에 담겨 있기 때문입니다. 인생을 즐겁게 산다는 것은 마음속에 삶의 넉넉한 여유와 미소가 있어서이고, 또한 삶에 대한 깊은 애증과 목적이 있는 삶이 그 길 가운데 있기 때문일 것입니다. 그 마음은 행복한 사랑의 언어와 애증으로 채워져 있을 것입니다.

행복한 마음을 담는 그릇에는 사랑이라는 언어가 함께 있습니다. 연민과 사랑을 가진 이의 마음은 언제나 그 미소만큼이나 아름답습니다. 아름다운 말과 언어와 행실이 그의 주변에 항상 가득하기 때문입니다. 사랑의 언어를 담은 글 한 편을 읽는다는 것은 보람 있는 일입니다. 잠시나마 잃어버렸던 삶의 이유를 되뇌이게 하고, 행복한 마음을 마음에게 새기는 첫걸음을 찾게 하기 때문입니다.

오늘 하루 마음에 작은 소망과 사랑의 마음을 깨워 주는 소중한 언어들이 있습니다. 때때로 나를 돌아보게 하는 귀중한 잠언의 글과 지나간 세월들을 돌아보게 하고, 삶의 분명한 이유를 얻게 하는 것, 매 순간 마다 새로운 삶의 기준을 얻게 하는 사랑의 고백 또한 여기에 있습니다. 삶의 내면으로부터 오는 깊은 고뇌와 연민이 사랑의 언어에 함께 배어 나오기 때문입니다.

사랑은 멀리 있는 것이 아니라, 바로 곁에 있다는 것과 절제된 언어로 실천할 수 있다는 것, 그리고 가정의 소중함을 깨닫는 것 또한 사랑의 고백임을 뒤늦게 알게 됩니다. 더 멀어지기 전에 사랑의 언어를 다시 찾고, 즐겁고 행복한 인생의 길로 들어설 일입니다.

2014년 7월

저자 올림

〈제목 차례 - 가나다 순〉

제1부
행복한 사랑

사랑

❶

사람은 무엇으로 사는가라고 질문한 소설가가 있다. 그 소설가는 스스로 그의 소설에서 '사랑'이라고 대답했다. 사랑은 아무리 강조해도 지나치지 않다. 사랑은 모든 것의 완성이기 때문이다.

흔히들 사랑에 대한 대답은 성서에 있다고들 말한다. 성경은 사랑의 모든 것을 가르친다.

사랑은 오래참고
사랑은 온유하며
사랑은 투기하는 자가 되지 아니하며
사랑은 자랑하지 아니며
사랑은 교만하지 아니하며
사랑은 무례히 행치 아니하며
사랑은 자기의 유익을 구치 아니하며
사랑은 성내지 아니하며
사랑은 악한 것을 생각지 아니하며
사랑은 불의를 기뻐하지 아니하며
사랑은 진리와 함께 기뻐하고
사랑은 모든 것을 참으며
사랑은 모든 것을 믿으며
사랑은 모든 것을 바라며
사랑은 모든 것을 견디느니라.(고전 13장)

사랑은 자율적이며, 이성 사이에는 서로 아름다운 하모니로 연주되어진

다. 사랑은 용서와 이해를 가르치며, 서로에게 필요한 사람이 되기를 권한다. 사랑은 나를 미워하는 사람까지도 용서하기를 바란다.

사랑이 없이는 서로 살 수 없고, 이웃 간의 믿음이나 서로에게 의지하고자 하는 희망도 생겨나지 않는다. 사랑은 소중한 것이다. 사랑은 힘과 용기의 원천이다.

사랑의 열정이 생기면 눈이 먼다고 한다. 상대편의 약점까지도 아름다운 모습으로 다가오게 된다. 그냥 함께 있는 것이 즐겁다. 그와 함께 있는 시간 그 자체만으로 행복하다. 마냥 시간이 기다려지고, 일터에서도 그의 얼굴이 아른거린다.

사랑은 모든 것을 일으켜 세우는 힘이 있다. 꺼져가는 불꽃을 일어나게 하고, 미약해진 몸을 추스르며 열의를 갖게 한다. 사랑보다 위대한 힘은 없다.

③

젊은이의 사랑은 순식간이지만, 부모의 자식에 대한 사랑은 위대하다. 부모의 자식에 대한 사랑은 평시에 느끼지 못한다. 가족에 대한 사랑 마찬가지이다. 위기가 닥쳐올 때 가족 간의 사랑이 느껴지고, 부모의 애틋한 마음이 표출된다.

평시에는 엄하고 무섭기도 하고 접근하지 못할 만큼 멀리 떨어진 것 같지만, 위기상황이 되면 아버지는 아이에 대한 사랑으로 돌변하게 된다. 다만 평시에 잘 표현하지 않을 뿐.

어머니의 위대한 사랑에 대하여는 더 말할 것도 없다. 신(God)의 인간에 대한 사랑만큼이나 견줄 만한 것이 있다면, 어머니의 사랑이라고 이야기하지 않는가?

④

사랑에 빠져 식음을 전폐해 본 적이 있는가? 밥을 굶으면서까지 사랑에 애틋해 하며, 목말라 본 적이 있는가? 사랑에 굶주린 사람은 너무나 쉽게 사랑에 빠진다. 현실이 눈에 보이지 않는다. 이루어지지 못할 사랑 때문에 목말라 하며, 가슴앓이를 한 적은 없는가?

⑤

사랑은 아름다운 것. 이 사랑이 이루어지기를 간곡히 소망하여야 한다. 누구든 사랑이 깨어지기를 원치 않으리라.

사랑은 아름다운 것. 저 하늘의 푸른 화폭에 사랑을 담아 보내리라. 나의 시심을 종이에 깔아 누이고, 하늘의 화폭에 소망을 담아 사랑하는 사람에게 보내리라.

⑥

사랑이 이루어지면 행복하지만, 이별은 아름다움과 추억으로 남는다. 사랑이 깨어지면, 모든 것이 슬프게 보이고 의욕을 잃지만, 그 사랑의 추억으로 힘을 얻고 새로운 목적을 만들어 낸다.

사랑의 기억 때문에 못다 했던 일을 일구고 과제를 실행해 낸다. 그 일에는 사랑의 열정이 배어 있기 때문이다. 따뜻한 마음을 가진 사람은 사랑의 열정이 배어있는 작품을 금새 눈치 챌 뿐만 아니라, 그 이유를 설명하게 된다.

분명 사랑은 열정을 갖게 하고 오늘 무기력한 나에게 희망과 용기를 주는 것임은 틀림이 없다.

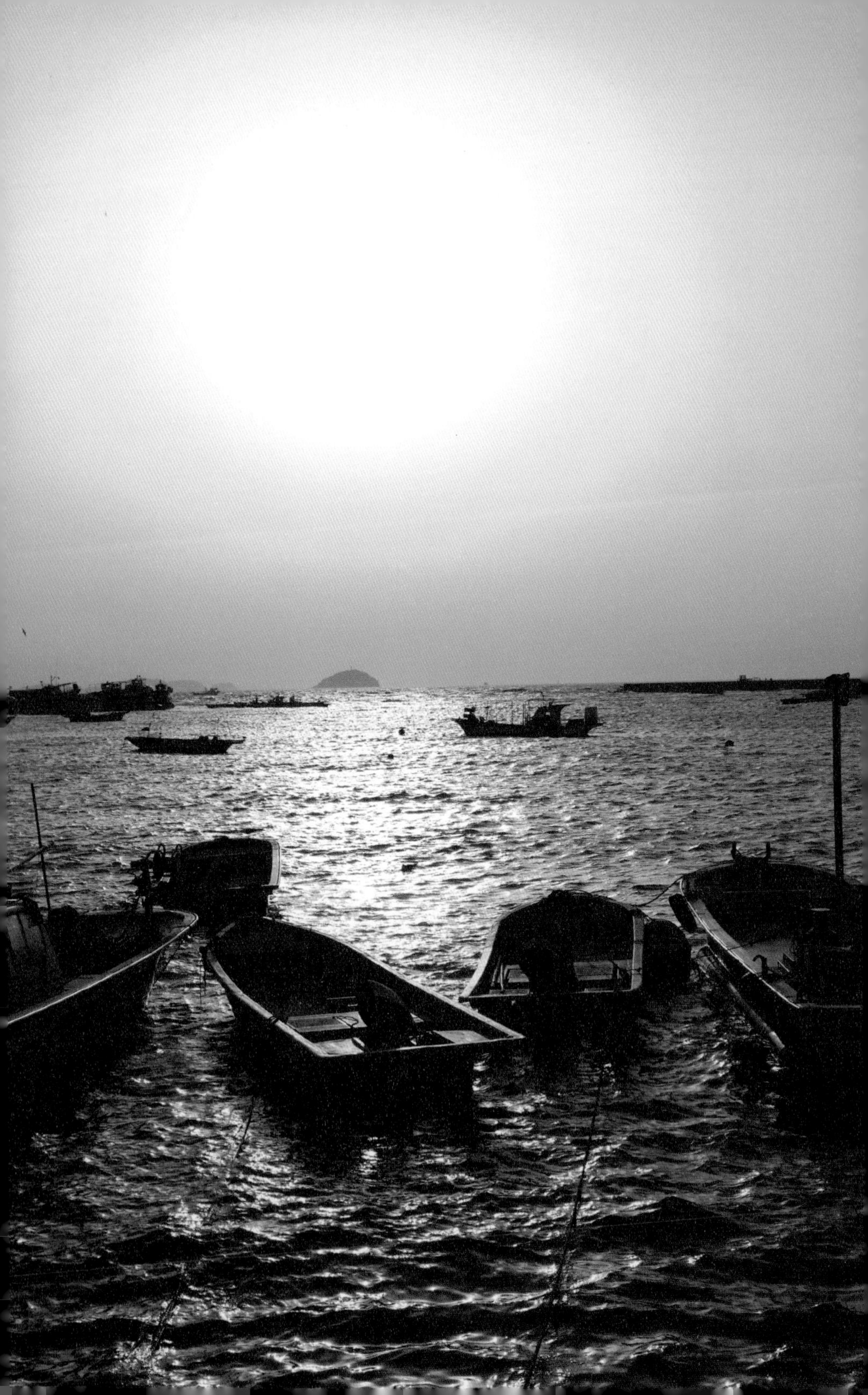

행복

❶

행복이란 무엇인가?

아침 잠 자리. 일어나자마자 환한 햇살을 맞으며, 베란다에 자라는 꽃들의 모습이 행복인가?
아님, 그냥 잠꾸러기처럼 느즈막이 일어나는 내 모습이 행복인가?

❷

행복이란 말처럼 어려운 말이 없다. 철학자는 인간의 궁극적 목적이 행복이라고 말했는데 행복이란 말만큼 정의하기 어려운 단어도 없다.

행복이란,
편한 것,
정의로운 것
자유롭게 사는 것,
여유로운 것,
내 맘대로 하고 싶은 것을 하는 것,
사랑하는 사람과 함께 있는 것.

곰곰이 생각해도 해답이 마땅치 않다. 행복을 정의하기란 참으로 어려운 일이다.

❸

확실한 건 행복이란 우리 주변에 있고,
작은 것에서부터 찾을 수 있다는 것.
마음속 깊은 내면으로부터 물밀듯 일어나 밀려오는 것.
행복은 어느 순간 알 수 없는 곳으로부터
포근히 다가오는 자유로운 평안함이다.

④

행복의 조건이 누구에게나 동일할 수는 없다. 나에게 행복의 조건을 묻는다면 이런 것들로 대답한다.

여행을 다닐만한 적당한 여유의 돈이 있어야 하고, 가족이 건강해야 하고, 아이들이 남부끄럽지 않아야 하는, 등등, 이런 것들이 모두 이루어진다면 이 보다 더 즐거움이 있을 수 있을까?

물론 이런 건 내가 다 이룰 수 없는 것들이지만, 그래도 그보다 더 가장 중요한 건 사랑하는 아내와 화목한 가정이 내 곁에 있다는 것이다.

⑤

행복은 이 세상을 사는 동안 가족에 대한 믿음과 따뜻한 애정으로 오늘 하루 일과를 나서는 것. 창문 너머로 보이는 경복궁의 연 파릇한 물오른 나뭇가지의 새싹처럼, 기나긴 겨울을 딛고 오늘을 일어서는 것. 여름의 따사로운 햇살을 받아 상상의 나래를 펴는 것. 행복이란 적당한 아침의 햇살과 차갑지 않은 공기를 가르며, 거리의 사람들이 나에게 미소를 보이는 것. 그리고 그 행복들을 내가 느끼고 있을 때 비로소 나에게 찾아오는 것.

행복이란 값비싸지 않지만, 오늘 아이들의 생일에 전달해 줄 조그만 선물 꾸러미. 아내가 준비해둔 케이크와 노래 소리가 즐거움으로 울려 퍼지는 것. 나를 기다리는 아내와 아이들이 있는 보금자리. 가정, 하루를 쉬는 편안

함이 나를 반기는 것.

⑥

행복은 항상 자신의 마음속에 있는 것.

지금 현재가 어렵다고 하더라도 자학(自虐)하기만 한다면 더 나은 미래는 기대할 수 없다. 지금 현재 만족을 얻지 못한다면, 이 사람은 더 나은 조건이 온다 해도 행복을 얻을 수 없다. 주어진 여건 가운데서 보다 더 나은 생활을 만들어가며, 그 가운데서 만족을 느끼며 사는 사람은 행복하다.

⑦

행복을 단 한마디로 정의하기는 어렵지만, 몇 가지의 실천에서 이를 얻을 수 있다. 그 가운데서도 가장 큰 행복은 자비의 선행을 실천하는 때에 주어진다.

어려운 이웃을 위하여 선을 베풀고 조그만 것을 가지고 다른 사람을 돕게 되면 신기하게도 마음속부터 기쁨이 넘쳐난다.

행복은 순간이며, 이것이 영원히 지속되려면, 선을 베풀며 이웃을 돕는 삶을 삶으로써만 가능하다. 경제적으로 돕지 못해도, 행동으로 사랑을 실천하면 그 보다 더 크고 아름다운 삶이 있을 수는 없다.

행동은 먼저 마음가짐에서 출발한다. 사랑을 나누는 삶, 바로 행복은 마음속 깊은 내면 가운데서 시작되는 것이다.

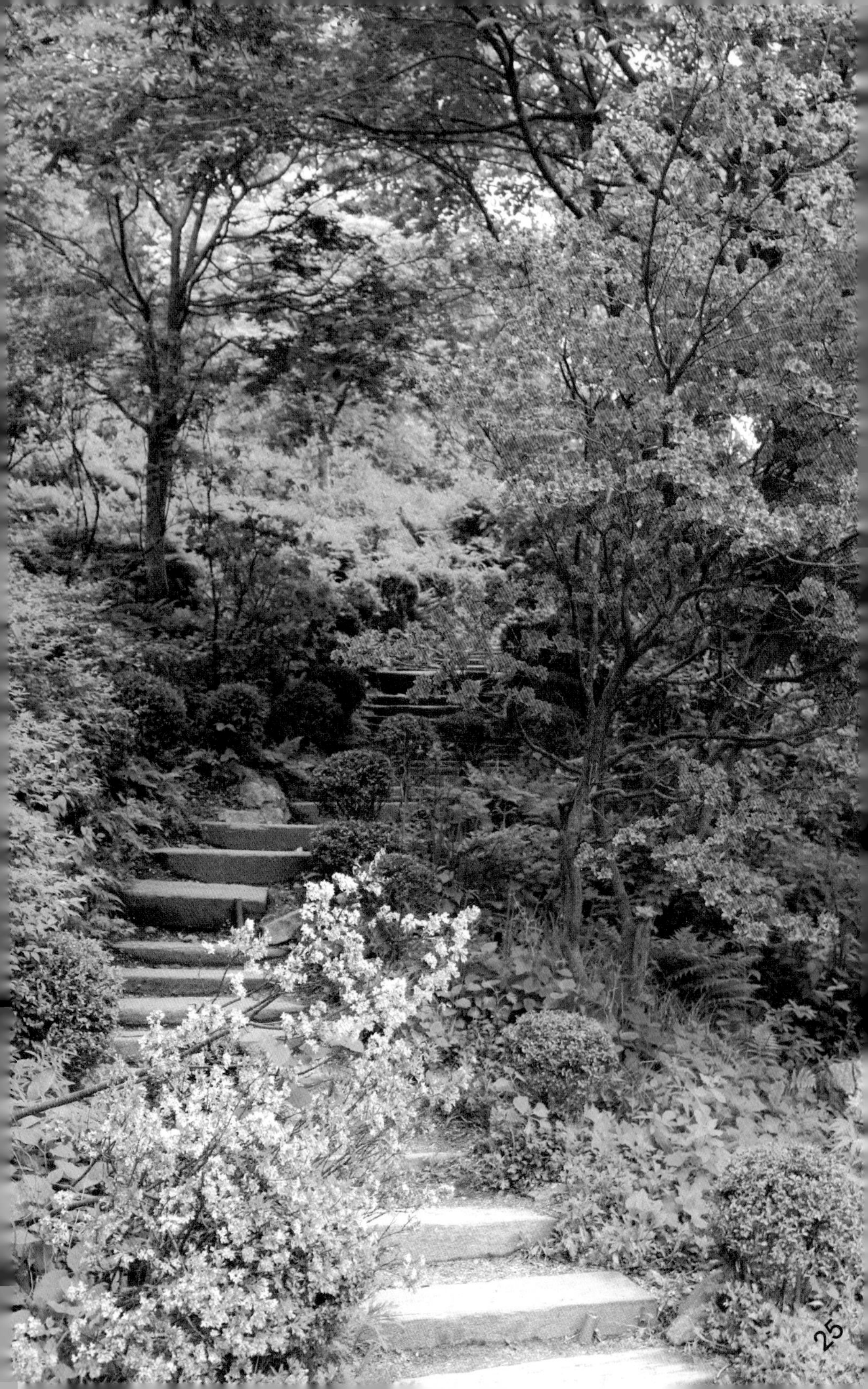
25

인생

❶

인생이란? 곰곰이 생각해도 답이 잘 나오지 않는다. 그냥 그렇게 사는 것이 인생인가? 질풍노도와 같다느니, 항해하는 배와 같다느니. 부드러움의 미소로 여행 떠난 아내를 기다리며, 물끄러미 대문 밖을 기다리는 마음속에 흐르는 행복이 인생인가?

❷

인생이란?

이가 빠진 동그라미가 한쪽을 찾아 떠나는 여행. 젊음을 지나, 여유로운 안식에서 석양의 빛을 바라보며 서 있는 아내의 모습을 바라보는 것. 혼자가 아니라는 것, 아웅다웅 하던 아내가 어느 순간 흰 머리 가득한 손길로 다가와 힘없는 미소로 품안에 안길 때까지 함께 손을 꼭 쥐고 달려가는 것.

동구나무 바깥 숲속에서 새들이 우지짖는 노래 소리를 들으며, 풀잎 향기에 취해 물끄러미 저 멀리 시내를 바라보며 김을 매는 것, 힘이 없어 풀섶에 주저앉을 때까지 잠시도 손을 놓지 않고 아내의 손을 꼭 쥐는 것.

❸

나즈막이 아내의 손을 꼭 잡고, 함께 길을 걸어간다. 오늘 하루 어깨의 무거운 짐을 지었다 해도 아담의 죄과가 두렵지 않다. 바로 아내와 아이들, 가족이 제 자리를 지키고 있기 때문이다. 이 아이들의 미래를 촘촘히 거두며, 올바르게 자라가기를 바라는 부모가 할 일을 다 하는 것, 이것이 인생이다.

④

많은 사람들이 무거운 짐을 지고 길을 걸어간다.

무엇인지 모르지만, 자루에 하나 가득 짐을 채우고 있다. 어떤 사람은 서류더미를, 어떤 사람은 땔 나무를, 어떤 사람은 하나 가득 먹을 것을 채우고 걸어간다.

개미처럼 수많은 무리들, 서로 부딪히기도 하지만 별 것이 아니다. 넘어지는 이도 있다. 어떤 사람은 서로에게 상처를 내기도 한다. 이유는 모르지만 저기 목적지까지 걸어가고 있다. 까마득한 곳에 커다란 바위산이 하나 있다. 황토 같기도 하고, 많은 짐을 내려놓아 쌓은 곳 같기도 하다. 하나 같이 사람들은 들어가는 데 돌아오는 사람은 없다. 안내하는 이도 없고 잠시 머무는 사람도 없다.

먼 산을 바라보니 수많은 사람들이 누워있는 형상이다. 가지고 갈 짐이 없는 사람은 늙을 때까지 느티나무 아래 누워서 더위를 피하는 이도 있다. 저 산에는 흰 눈이 쌓이는 듯 추운 겨울의 모습도 보인다. 물어보려 해도 돌아오는 사람이 없으니 물어볼 수가 없다.

찬바람이 살을 에는데, 사람들은 바위산으로 모이기만 한다. 연기가 모락모락 피어나는 듯하고, 하얀 쌀밥의 따스한 밥상이 기다리고 있는 듯하다. 온 몸에 힘이 빠진다. 목적지에 거의 도착했으니, 안식의 몸을 누이리라. 몽롱한 의식 속에서 그렇게 그리웠던 한 여인의 모습이 저만치 보인다.

길을 놓쳐 잠시 떨어져 있던 아내의 모습이다. 손을 잡으려 하지만, 너무

늦어 손이 닿지 않는다. 아내도 등에 똑 같은 짐을 지고 있다. 다르다고 느꼈던 모든 사람의 어깨에도 똑 같은 크기의 짐이 지워져 있다. 무게가 모두 똑 같다.

잠시 사랑했던 여인들의 모습도 보인다. 화장을 한 것 같은데 옛 모습은 사라지고, 나의 아내의 모습과 별반 다르지 않다. 참으로 예뻤었는데, 예쁘기보다는 아름다움 그 자체였는데, 아내의 모습이 저 만큼 환영에 서린다.

사랑해! 희미하게 주위를 맴도는 음성을 뒤로 하고, 아내는 저만큼 서 있다. 나의 속삭임을 들었을까? 온통 희뿌연 연기뿐이다. 사람의 영혼인가? 산이 더 높아져야 할 텐데,

내가 그렇게 무겁게 메고 온 짐은 희뿌연 연기가 되어 민들레 홀씨처럼 하늘거리고 있다. 사랑해! 아내는 아직도 내 목소리를 듣지 못하는데 아이들은 이미 어른이 되어 저만큼 오고 있다. 온통 희뿌연 안개뿐이다. 사랑해! 점점 힘이 빠진다. 아내가 이 소리를 듣고 있을까? 안개뿐이다.

⑥

우리는 우리의 믿음과 행실의 열매로 천국을 간다. 믿음이 없는 사람은 지옥행인가?

사랑은 우리를 치장해 주는 화사한 옷감이다. 겸손과 온유의 짐을 진 사람은 그 짐이 가볍다.

'수고하고 무거운 짐 진 자들아 다 내게로 오라. 내가 너희를 쉬게 하리

라. 나는 마음이 온유하고 겸손하니 수고하고 무거운 짐 진 자들아. 다 내게로 오라. 매가 너희를 쉬게 하리라. 나는 마음이 온유하고 겸손하니, 나의 멍에를 메고 내게 배우라. 그리하면 너희 마음이 쉼을 얻으리니, 이는 내 멍에는 쉽고 내 짐은 가벼움이라.' (마11:28-30)

피차 사랑의 짐을 지자. 사랑의 짐 외에는 나눌 것이 없다. 사랑의 빚 외에는 갚을 것이 없다.

인생은 사랑이다.

⑦

사랑하는 사람의 이름이 떠오른다. 사랑했던 사람의 이름도 기억난다. 사랑은 열정이었다. 그리고 인생이었다.

⑧

가난한 아이가 한 푼을 구걸한다. 나누어 줄 것이 없는 손에는 오백원짜리 동전조차 없다. 그윽한 미소로 바라보는 손길 뒤에 크고 부드러운 손길이 아름다운 미소로 아이들을 내려다본다. 무엇인가 가진 것 조금이라도 나누어주는 모습을 보고픈가 보다. 과자 부스러기 하나라도 나누어 줄까? 하지만 손에는 아무 것도 내어 놓을 것이 없다.

빈 손 거기에는 눈물이 그득하다.

⑨

가도 가도 끝이 없는 길, 사랑하는 사람들의 노래 소리가 들린다.

잠시 맑은 개울가에 송사리도 잡고, 다슬기를 줍기도 한다. 사랑하는 사

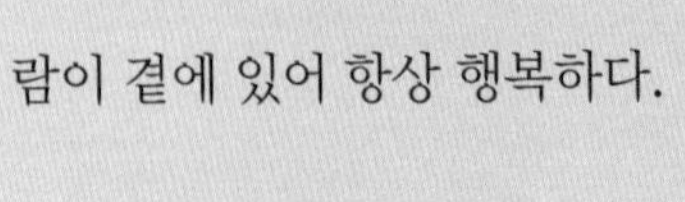

람이 곁에 있어 항상 행복하다.

어느 새 아이들도 길을 걷는다. 다정한 미소로 바라보는 손길에 먹을 것들이 들려 있다. 아내의 어깨를 잡고 힘들지만 함께 걷겠노라고 마음에 깊은 다짐을 한다. 이 길이 다하기 전에.

연인

❶

사랑하는 사람을 애인(愛人)이라 부른다. 사랑하는 두 사람을 가리켜 연인(戀人)이라 부르기도 한다. 혹은 불타게 그리워하는 사람이나 사랑하고 있는 사람을 가리키기도 한다. 애인이나 연인이나 별반 차이가 보이지 않는다. 사랑하는 사람으로서 이성(異性)을 가리키는 말이기도 하다.

이런 사랑하는 사람이 있다는 것은 행복이다. 특히 젊은 청춘 남녀에게는 결혼을 위한 전 단계로서 꼭 필요한 상태이기도 하다. 결혼을 앞둔 연인이라면 아마 가장 행복해하는 시간이리라.

친구에게 애인과 친구의 차이가 무엇이냐고 물었다. 그것은 육체적 스킨십이 있느냐 없느냐에 따라서 결정된다고 하였다. 육체적 관계가 없으면 친구, 육체적 관계가 있으면 애인! 그럴 듯한 말이다.

요즘은 결혼한 사람에게도 애인이 필요하다고들 한다. 추세가 그렇단다. 누구나 애인이 있다고들 한다. 애인이 없으면 바보취급을 당한단다. 그럼 아내 외에 애인이 없는 나는 누구인가?

오랫동안 연인이 되고, 결혼 후에는 애인이 된다. 사랑하는 사람과 사소한 실망스런 다툼이 있어도 안정된 가정은 행복의 기초가 된다. 사랑하는 아내를 연인으로, 애인으로 맞이한 사람은 행복하다. 결혼 이후 언제나 연인처럼 애인처럼 사는 사람은 행복하다. 사랑이 식지 않을 것이므로.

❷

언제 보아도 그 모습이 아름답다. 연인의 조금의 실수도 아름답게 느껴진다. 아름다운 옷맵시와 자태, 그리고 피부에는 윤기가 피어난다. 언제 보아도 사랑스런 모습으로 맵시가 꾸며진다.

사랑을 하면 예뻐진다. 사람이나 동물이나 모두 매 마찬가지다. 사랑하는 연인이 있는 사람의 모습은 금방 구별이 된다. 환한 미소부터, 일에 대한 즐거움의 콧노래. 경쾌한 걸음걸이. 이 모든 것에서 구별이 된다.

연인이 있는 사람은 행복하다. 왜냐하면 그는 삶의 이유를 아는 사람이니까. 높은 학식과 빼어난 외모, 이런 것들을 사랑하는 것이 아니다. 모든 것이 사랑스럽고, 특히 그의 마음씨를 예뻐한다. 항상 미소를 머금고, 그윽하고도 고귀한 기품과 아낌없는 사랑이 모든 행동에서 배어나온다. 이런 연인의 모습을 볼 때면 너무나 행복하다.

사랑하는 연인들이 결혼식을 치룰 때면, 언제나 축하해주는 하객들이 있다. 이들 모두는 사랑하는 두 연인의 행복한 결혼생활을 기대한다. 이들이 실망하지 않도록 결혼 후에도 연인 시절의 그 아름답고 화사한 인연이 지속되기를 빈다. 지금까지 보지 못했던 자그마한 티끌이 크게 느껴질 때일수록 연인 시절의 포근한 미소를 떠올리기를 바라면서.

살아가면서 더욱 다정함을 느끼는 행복한 신혼생활이 지속되고, 아이가 자란 이후에도 그 평생 연인으로 사는 사람은 행복하다. 중년이 된 이후에도 다정스레 손을 잡고 떨어질 줄 모르는 부부는 아름답다. 연애시절, 그 모습 그대로 변하지 않고 행복을 이야기한다. 이런 모습으로 늙고 싶어 한다. 연인들은.

이별

❶

사랑은 행복이지만, 이별은 아픔이다.

사람들은 만날 때, 이미 이별이 예고되어 있음을 알아야 한다. 부모에게서 아이가 탄생하는 바로 그 순간에도 이미 아이가 장성하면 부모의 곁을 떠나야 한다는 이별이 먼저 예고되어 있는 법이다.

시작이 있으면 반드시 끝이 있듯이, 만남과 이별은 불가분의 관계에 있다.

이별은 순간으로 다가온다. 이별은 예고되어 오는 것이 아니다. 때때로 이별을 예고하는 경우도 있지만, 대부분의 이별은 예고 없이 찾아온다.

이별을 슬퍼하거나 두려워할 필요는 없다. 만남과 동시에 이별은 어느 순간이 되든 엄연히 예비 된 사실이기 때문이다.

아름다운 이별을 만들도록 노력하라. 사랑하는 사람이라면 헤어지지 말아야겠지만, 만약 이별을 하더라도 당당히 슬픔을 맞설 수 있도록 주의하라.

만약 연인이 헤어지고 난 뒤에도 슬프지 않다면 이는 사랑을 하지 않은 것과 마찬가지이다. 사랑의 이별은 그만큼 애틋한 그리움을 낳는다.

이별의 순간을 아름답게 장식하는 사람은 행복하다.

자선

❶

어려운 이웃을 위하여 선을 베풀고, 자신의 조그만 것을 가지고 남을 돕게 되면, 신기하게도 마음속 깊은 곳으로부터 기쁨이 넘쳐나게 된다. 사람들은 이것을 가리켜 행복이라고 말한다.

반면에 이상하게도 이러한 일이 남에게 알려져 칭송을 받게 되면 마음에 기쁨이 사라지고 허망하게 된다. 그래서 자선(慈善)의 기쁨은 은밀한 중에 이루어져야만 하는 것이다.

예수님은 자선을 행하고 그 일에 대하여 나팔을 불지 말라고 경고하셨다. 나팔은 동네방네 입술로 떠드는 것을 말한다. 자선은 은밀한 가운데서 자신이 사랑을 실천하고 기쁨을 홀로 누리는 것이다.

요즘 자원봉사 활동으로 온 나라가 시끌벅절하다. 신문마다 기업마다 자신들이 자원봉사 활동을 했다고 홍보지를 장식한다.

붐을 조성하는 일은 이만큼이면 된다. 이제는 생활화할 때이다. 마음으로부터 우러나오는 자선을 베푸는 힘은 크게 알려지는 것을 원치 않는다. 항시 조용할 뿐이다.

매월 한번 혹은 명절 때마다 가서 불우한 이웃을 돌본다고 시설을 방문하고 사진 찍고 이것이 무슨 자선인가?

예수님께서 가르치시지 않았는가? 오른손이 하는 일을 왼손이 모르게 하라고.

③

사랑이 가득한 자선은 숨겨져 있다. 마음속으로부터 위안을 삼으며 스스로를 기뻐한다. 따뜻한 마음이 그 어려운 상황을 연민하는 마음으로 조금의 물질이라도 나누는 것이다. 이것은 굳이 돈이 아니라도 좋다. 작은 선물이라도 좋다.

훌륭한 자선은 상대방의 마음을 아프게 하지 않으면서도 다정하고도 부드러운 손길로 다가가는 것이다. 마치 그 크고 부드러운 손을 가지신 예수 그리스도처럼, 그렇게 조용하게 행동을 하는 것이다. 사랑은 마음속 깊은 곳으로부터 우러나옴을 잊지 말아야 한다.

온유

❶

온유란 부드러움이다.

❷

부드러움은 강함을 이긴다. 물이 떨어져 내림으로 바위를 파 내리는 것 같이 부드러움은 아무리 강한 철판이라도 뚫어 내린다. 비록 그 시간이 오

래 걸린다고 할지라도 부드러움이 강함을 이긴다는 사실은 부인할 길이 없다.

❸

커다란 목소리로 떠들며 싸우는 사람보다 부드럽게 타이르는 사람이 무섭다. 이는 인성의 진리를 아는 사람이기 때문이다.

성격이 급하고 강한 사람들은 자신의 강한 성격 때문에 부드러움의 깊이를 잊어버린다. 부드러운 소리는 귀에 들리지 않기 때문이다.

❹

성격이 부드러운 사람은 강한 사람을 포용한다. 우선은 강한 사람이 이기는 것 같지만, 부드러운 사람은 그 강함을 부드러움으로써 감싸 안는다.

❺

부드러움은 누를 누그러뜨리고 소리 나는 무쇠를 평온하고 조용하게 만든다. 강한 쇠를 쇠로 다스리면 그 소리는 억세고 더 크게 들리나, 부드러운 천으로 감싸면 그 소리는 부드러운 천으로 인해 사라지고 만다.

❻

부드러움을 배우라. 소리 없는 고요함을 배우라. 명상은 부드러움을 얻기 위한 수단일 수 있다. 바람에 흩날리는 풀잎이 어떤 경우 바위보다 훨씬 강함을 배우라.

용기

❶

용기는 만용이 아니다. 위험한 곳에 무작정 뛰어드는 것은 용기가 아니다. 위험할 땐 피해야 하고, 새로운 길을 모색하는 것이 승리를 준비하는 자의 모습이다.

❷

약자와 가난한 자를 대변하고, 어려운 이웃을 위하여 말할 수 있는 사람이 용기 있는 사람이다.

예수님은 이 땅에서의 삶의 용기가 무엇임을 보여주었다. 진실을 말하고, 가난한 사람을 가까이하며, 죄인이라고 멀리하는 사람들의 마음을 헤아려 주었다. 그리고 죽기까지 십자가라는 무거운 짐을 지고, 인류 구원의 사명을 완수하였다. 이것이 용기를 가진 이의 모습이다.

❸

용기는 자신이 무엇을 해야 하는가를 아는 것이다.

❹

세상이 변화하여 온 것은 용기 있는 사람들을 통해서였다. 말할 때 말할 줄 알고, 행동할 때 행동할 줄 아는 사람. 꼭 필요할 때 일어 설줄 아는 사람. 이들이 용기 있는 사람들이다. 세상이 어둑하고 암흑기에 접어들었을 때, 세상의 등불을 밝히는 사람들, 이들 역시 용기 있는 사람들이었다. 가장

시의 적절한 때, 의연하게 일어나는 사람들이 용기 있는 자의 모습이었다.

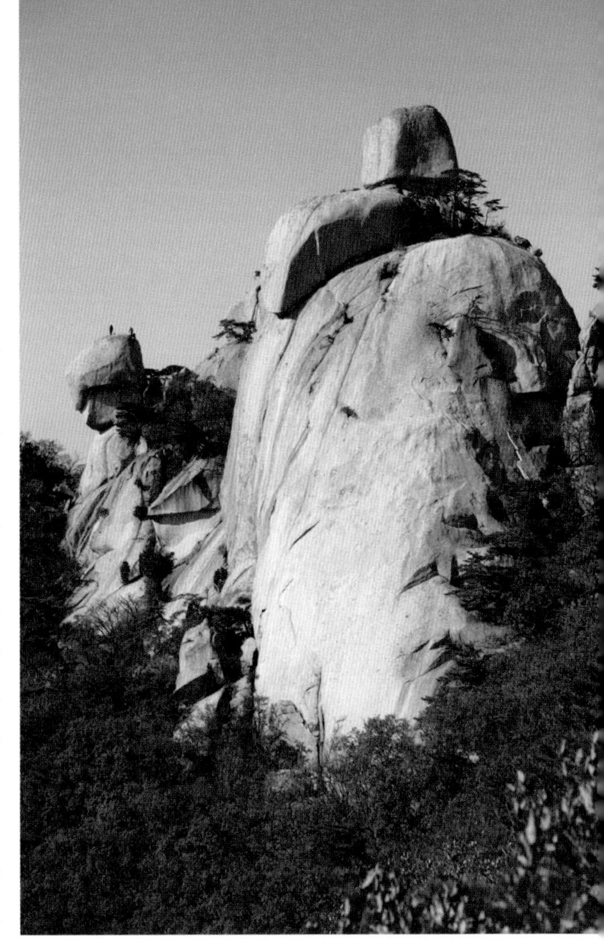

우리가 이 땅에 살아가는 것도, 독립하여 나라를 일구는 것도, 민주주의의 찬란한 꽃을 피우며 세계 대국들과 어깨를 나란히 하는 무역대국이 된 것도, 시대를 따라 용기 있게 국가를 이끌었던 많은 사람들의 땀방울과 희생과 노력의 대가이며, 그들의 용기있는 삶의 결과이다.

용기란 꼭 할 말을 해야 하는 때를 아는 것. 행동을 해야 할 때를 아는 것, 그것을 나타내는 말이다.

5

용기로 인해 많은 사람이 힘을 얻는다. 말할 수 없는 나약한 한 사람의 뒤로 의연하게 일어서는 그 한 사람의 도움으로 많은 사람들이 힘을 얻는다.

6

나는 과연 용기 있는 사람일까? 그렇지 못한 사람일까?
이 물음으로 하여 나는 오늘도 겸손한 사람이 된다.

자유

❶

자유는 생존과 책임이 공존한다.
오늘 하루 내 몸을 어디에 누이든 상관없다
내가 얻어야 할 몫은 빵 한 조각이다.

이 빵의 이유가 아니면 직업에 매일 필요도 없다.

이유도 없다.

걸어가면서 달려가면서 때때로 달음박질하게 얻게 되는 것은 빵 한 조각을 얻을 자유이다.

창공의 새를 보라. 두려움도 없다. 독수리를 겁낼 이유도 없다. 높이 날아올라 자신의 먹이를 찾아 떠난다. 자유라는 이름으로.

단지 눈에 보이는 건 내 목구멍에 넣어야 할 벌레 한 마리와 지지배배 떠는 아이들뿐.

열심히 날개 짓 하는 거기에 보이는 건 푸른 하늘과 산 너머 등성이의 구름과 사람들의 웅성거리는 아우성들이다.

❸

행복을 굳이 묻는다면 자유에서 온다고 이야기하겠다.

무엇을 선택하든 그 이유는 내가 하고 싶은 일을 하는 거니까.

힘차게 노래를 불러보자. 거기에 내 자유가 배어 있으니까? 행복의 노래를 불러보자. 자유로운 기쁨이 내게 있으니까.

④

빵 한 조각이 없는 하루. 아이에게 줄 우유가 없어 가게를 훔치는 어느 젊은 산모의 이야기가 실렸다.

우리의 자유는 얼마를 팔고 얼마를 사야하는 것일까?

자유는 영원한 것, 아무도 나를 빵 한조각의 자유로부터 가둘 수 없다. 나의 자유는 신으로부터 주어진 것. 아무도 나를 세상의 것들로 억누를 수 없다. 설사 빵 한 조각으로 나를 옭아맨다 하더라도.

어느 순간 나는 다다르게 되리라. 신이 계신 영원한 안식처로. 아무도 나를 닭장이나 새장에 가둘 수 없으리라. 내 영혼의 편안한 안식처로부터.

봉사

❶

봉사란 자기 자신을 희생하는 나눔에서 출발한다. 자신의 귀중한 것을 나눔으로써 봉사는 실천된다.

이 나눔은 물질이나 돈 뿐만 아니라, 시간을 의미할 수도 있고, 이웃을 위한 사랑과 헌신일 수도 있다. 굳이 돈이 아니더라도 시간과 노동을 통해서 봉사를 실천할 수 있다.

봉사는 작은 것으로부터 출발하는 것이며, 결코 거대한 것이 아니다. 이웃을 향한 사랑과 열정, 이런 것들을 필요로 하는 것이다. 봉사는 삶에 대한 열정이며, 근본적으로 이웃을 돕고자 하는 따뜻한 마음에서부터 비롯되는 것이다.

❷

봉사를 실천할 수 있는 사람은 행복하다. 시간과 돈으로만 봉사하는 것은 아니지만, 시간과 돈이 있어도 봉사를 실천하지 못하는 사람이 많다. 그렇게 봉사란 녹녹한 것이 아니다.

다른 사람을 위해 봉사하면 마음 속 깊은 곳으로부터 기쁨과 흐뭇함이 넘쳐나고, 인생의 의미를 깨닫게 된다. 남을 위하여 사는 삶이 얼마나 행복한 인생인지를 알게 되는 것이다.

❸

봉사는 나눔과 실천을 가져온다. 말로만 하는 것이 아니다. 행동과 실천이 수반되어야만 그 진가가 나온다. 봉사하는 사람은 말이 많지 않다. 묵묵히 자신의 일을 할 뿐이고, 이웃에 대한 사랑 또한 항상 부족한 것이라고 느낀다.

남을 위하여 사는 삶, 자신의 조그만 것이라도 나누고 싶어하는 그런 마음이 봉사자에게는 주어져 있다.

때만 되면 텔레비전 카메라 앞에 거대한 얼굴을 비추는 이들에게서 진실한 봉사를 찾기란 어렵다. 어려운 이웃을 돕는 일들이 결국 자신의 영광과 명예를 위한 것이기 때문이다.

봉사는 진실한 마음으로 하여야만 한다. 그래야만 진정으로 행복해지게 되는것이다.

신념

❶

신념은 믿음보다 더 확고한 마음의 가치를 설명한다.

믿음이 추상적이고 일반적이라고 한다면 신념은 한 개인이 지니는 불변하는 확고한 진리의 가치를 설명한다.

❷

적어도 한 개인의 가치관이 무엇이든 상관없다. 그렇지만 나는 누구인가? 무엇 때문에 사는가? 왜 사는가? 어떤 것이 필요한가? 이런 여러 가지들에 대하여 묻고 또 질문할 준비가 되어 있어야만 한다.

❸

확고한 신념을 가지고 사는 것은 무엇보다 중요하다. 오늘 당신이 누구와 살든 그것은 상관이 없다. 그것이 당신의 신념에 어떠한 영향을 주었는가 하는 것이 중요하다.

❹

행복한 일생을 기대하거든 당신의 신념을 확고히 하라. 그렇지만 더 중요한 것은 그 신념이 당신을 변화시키지 않으리만치 올바른지 판단하라.

❺

당신이 확고한 신념이 때로는 틀릴 때가 있다고 하는 점에 유의하라. 항상 당신이 옳지만 않을 수 있다는 사실에 귀를 기울이라.

신념을 잃지 않는 것은 매우 중요하다. 매사에 자신의 삶을 잃지 않는 것과 같기 때문이다.

신념을 잃는다면 자신의 삶의 의미를 잃게 되고, 결국 자신의 인생은 힘없이 무너지고 만다. 신념이 확고한 사람은 자신의 신앙 또한 확고하기 마련이며, 매사에 쉽게 무너지지 않는다.

신념이 확고하다면 그는 분명 자신의 일을 성취하게 될 것이고, 목표하는 소기의 성과를 이룰 수 있을 것이다. 신념이 확고하다는 것은 그만큼 의지가 강하다는 뜻이기 때문이다.

⑧

신념이 확고하지 않은 친구가 있다면 너무 가까이 하지 말아라. 왜냐하면 그의 마음은 바람에 나는 갈대와 같으니까. 언제 어떻게 변할는지 알 수 없다. 당신을 생각하는 마음 또한 언제 어떻게 변할는지 모르기 때문이다.

⑨

신념이 확고한 사람을 가까이 하라. 그는 실수하지 않을 것이다. 비록 자신의 마음의 잣대로 당신을 판단하지만, 당신을 그르치게 하는 일은 없을 것이다. 돈을 좇기 때문에 당신을 배반하는 그런 얄팍한 행동은 쉽게 하지 않을 것이다. 그러나 마음으로부터 주의하라. 그의 마음속 깊은 곳으로부터 확고한 신념이 올바르게 들어 차 있는지 먼저 살펴 볼 일이다.

여성

❶

여성에 대하여 이야기하라면 여러 가지가 나온다.

아름다운 사람, 기품, 부드러움, 여성스러움, 하얀 피부, 우아함, 좋아하는 사람, 여인의 상, 똑똑함, 긴 머리를 가진 소녀 등등. 여성의 모습은 역시 여성스러움과 아름답고 우아한 자태를 가진, 강인한 남성의 이미지와는 또 다른 모습이다.

요즘 부각되고 있는 여성의 모습은 각계에 진출하여 성공의 가도를 달리고 있는 여성의 모습이다. 여성 특유의 섬세함과 부드러움이 요구되는 업무에서 두각을 나타내거나, 혹은 남성 보다도 강인한 업무추진력과 정치적인 활동으로 정계에 모습을 나타내는 여성들이다.

참으로 세월이 바뀌었고, 현모양처로서 가정만 지키던 여성의 시대가 지났다. 오히려 남성들이 여성화되고, 여성들은 오히려 남성보다도 더 적극적인 모습을 나타낸다. 각 분야에 여성들의 다각적으로 진출한 모습이 뚜렷이 보인다. 건축현장에서, 택시와 시내버스의 운전, 타워 크레인, 건축가 등 남성 전유물이었던 직업에서 여성의 진출이 두드러지게 나타난다.

어떤 일의 몰입에 있어 여성들에 대하여 느끼는 점이 있다.

어떤 면에서는 남성들보다 여성들이 훨씬 무모하리만치 추진력이 강하고, 투자에 있어서도 과감하다. 이는 투자에 신중하지 못하다는 점과도 연결된다.

손해가 나면 과감히 손절매해야 하지만, 무모하리만치 투자를 지속한다. 오랫동안 증권을 다루어본 지인의 이야기이다.

④

여성을 부정적으로 표현하는 말이 있다. '변덕'이라는 말이다. 변덕이 심한 여성이 옆에 있다는 것은 우울 그 자체이다.

예술 분야를 전공하는 여성일수록 남성들이 접근하기가 힘이 든다. 음악, 미술, 무용, 디자인분야에 종사하는 어떤 여성들의 경우 탁월한 예술적 능력에 비하여 그들의 돌출적인 행동으로 도저히 방향을 종잡을 수 없는 경우가 있다. 특유의 까칠한 성격 때문이다.

⑤

여성이 갖고 있는 사회적 지위가 아직 그렇게 넉넉하지 만은 않다. 병역

의무라는 사회적 책임감이 남성에게 스스로 우월의식을 부여하고 있는 탓일 수도 있다. 기업이든 회사든 아직은 남성을 선호하기 때문이다.

남성의 병역 의무라는 복무기간에 비하여 여성은 대학만 졸업하면 사회진출이 가능하다. 각 분야에서 여성의 활동과 진출의 폭이 넓어졌다. 여성의 진출은 관료사회나 공조직에서 훨씬 유리하다. 그 만큼 차별이 없기 때문이다.

⑥

여성들의 사회적 진출이 어려운 몇 가지 상황이 있다. 그 대표적인 것이 육아문제이다. 회사를 다니면 육아문제는 항상 신경이 쓰인다.

우리나라의 육아환경은 썩 좋지 못하다. 그래서 유능한 여직원들이 휴직을 하거나 퇴사를 하는 경우를 종종 볼 수 있다.

또한 여직원과 남직원 중 누구를 택할까 질문을 하면 당연히 남직원을 선택한다. 요즘같이 여직원이 많아지는 추세에서 조금만 무거운 물건을 들려면 남직원을 부른다. 왜 남직원만 고생해야 하는가? 신체적 요건의 차이탓이겠지만, 직장에선 당연히 남직원을 선호할 수 밖에 없다.

남성은 대학을 졸업하자자마 돈을 벌어야 하고 사회의 진출이 당연시 된다. 반면에 여성은 전업을 택하든 육아를 택하든 자유롭다. 이것은 여성만이 가진 자유이다.

⑦

대부분의 직장은 밤늦게까지 야근을 하는 기업문화가 자리 잡고 있다. 퇴근시간이 되자마자 사무실을 나서는 직원을 이상한 눈빛으로 바라본다. 일선 기관 외의 관료사회 역시 똑 같은 분위기이다. 공동으로 업무를 처리하

여야 하거나, 시일을 다투는 경우 근무시간 내의 성과로만 좋은 결과를 얻기란 힘들다.

이런 기업문화는 여성들에게 익숙하지 못할 수 있다. 밤늦게까지 죽자 사자 일에 매달리는 남성과 경쟁하기가 쉽지 않다. 젊은 시절에는 가능하겠지만, 결혼 이후 집안에서 아이를 돌보는 사람이 없다면 육아문제로 고민을 할 수밖에 없다. 직장에서 경쟁력을 상실하게 되는 이유이다.

제도의 정비로 많이 개선되었지만, 실제 여성의 입장에서 보면 직장에서 겪게 되는 어려움은 이보다 훨씬 더 많다. 이런 어려움이 해결된다면 많은 여성들이 사회에 더 기여하게 될 것이다.

8

여성의 사회의 진출이 두드러짐으로써 여성에 대한 편견과 부정적인 이미지를 제거하는 것도 중요하다.

'여성은 질투의 화신이다', '여성은 말이 많다.', '여성은 자기 생각밖에 안 한다.', '여성은 변덕이 심하다.', '여성은 약해서 아무 것도 못한다.' '여직원은 아무 책임도 지지 않으려 한다.', '여성은 아주 소극적이다.' 등등 여성에 대한 편견은 우리 사회에서 아직까지 여성이 설 자리가 그만큼 약하다는 뜻이다.

9

직장에서 여성이 나타내는 특유의 질투심은 남직원들이 보기에 가끔 소름이 돋아나게 한다. 남직원들은 여직원의 입방아에 오르내리지 않으려하고 여직원이 요구하면 무조건 들어주는 상사들도 있다.

여성의 섬세함으로 남직원들의 인기를 한 몸에 받는 여직원도 있다. 자신의 외모뿐 아니라 마음 또한 그만큼 착하게 느껴진다. 이런 여직원과 함께 근무하기 위하여 인사배치 때마다 다툼을 벌이는 부서장의 모습을 볼 수 있다.

⑩

여성에 대한 평가는 긍정과 부정으로 극명하게 구분이 된다. 여성 특유의 섬세함과 긍정적인 이미지를 살린다면, 여성으로서의 직장에서 인기는 더욱 높아지지 않을 수 없다.

남직원과 동일하게 업무에 대한 열정과 열의를 나타낸다면, 아마 여직원들의 사내 인기는 더 높아질 것이다.

사업에 있어서도 어떤 경우 보통 남성 사업가들보다 월등한 능력을 나타내는 것을 볼 수 있다. 약관의 나이에 인터넷 쇼핑몰을 운영하여 수십억, 수백억 원의 매출을 자랑하는 여성 사업가도 적지 않게 눈에 띈다. 여성 특유의 강점을 살린다면, 그리고 적극적으로 일한다면 여러 면에서 그 결과는 기대해 볼 만 하다.

기품

❶

아무리 아름다운 여인이라 하더라도 우아함과 기품이 없다면 그 모습은 결코 매력을 갖고 있다고 말할 수는 없다. 왜냐하면 천박스러움이 아름다움을 희석시키기 때문이다.

❷

아름다움이라는 말에는 예쁘고, 멋있고, 사랑스럽고, 곱다는 여러 가지의 의미를 함께 내포하게 한다. 이 의미는 여성으로서의 아름다움과 함께 여성으로서의 우아함과 품위를 동시에 가졌다는 말이다.

❸

기품을 가진 여인은 그 자세와 매무새에 흐트러짐이 없는 품위 있는 모습이다. 절제되어 있고, 경망스럽지 않으며, 자신의 몸을 함부로 굴리지 않는 그런 여인의 모습이다.

❹

아름답고 빼어난 미모와 깨끗한 이미지의 여배우가 약물을 이용했다는 사실과 문란한 성생활이 드러나게 되어, 하루아침에 방송 화면에서 사라지고 마는 모습을 여러 차례 볼 수 있다.

⑤

기품은 자신의 절제된 생활이 외모에 비추어 나타나는 것을 의미한다. 사랑과 애정이 가득한 시선으로 만물을 바라보는 이에게서 절제된 아름다움을 느끼는 것은 어쩌면 지극히 당연한 일이다.

포용

❶

포용은 관용보다도 훨씬 더 넓은 의미이다. 관용은 한 사람을 용서하고 그에 대하여 인애의 마음을 갖는 것을 의미한다. 그러나 포용은 적대적 관계에 있는 한 사람을 용서하고 그를 나의 곁에 두는 적극적인 의미를 내포한다.

❷

원수를 사랑하라는 말을 예수님께서 가르쳤다. 이 말보다 위대한 말은 없다. 험담을 하거나 한번 아웅다웅한 동료를 용서한다는 일조차 쉽지 않다는 것을 우리는 알기 때문이다.

배반자를 용서한다하더라도 내심 그 어떤 다른 생각을 가지고 있다는 사실을 안다면, 한사람을 용서하고 포용한다는 것이 그리 쉬운 일만은 아니라는 것을 새삼 깨닫게 된다.

❸

나를 싫어하는 사람을 포용한다는 것은 정말 어렵다. 부정적인 이야기를 하던 사람을 긍정적인 사람으로 바꾸는 것은 인성의 문제이기 때문이다.

❹

사람은 때때로 한자리에서 식사를 하고, 때때로 조그만 맥주집에서 함께 잔을 기울이고, 때때로 그 사람의 어려운 고민을 함께 나눌 수 있기만 한다면, 금새 가까워지기 마련이다.

직장이나 사회생활에서 한 사람을 포용하는 일은 열사람의 적을 내 편으로 만드는 것과 같다.

⑤

주변의 한 사람이 다른 사람의 험담을 이야기하기 시작하면 열 사람 이상에게 그 불편을 전달한다. 서비스 업종의 마케팅 부서에서는 불편 고객이 하나만 생겨나도 기겁을 한다. 부정적인 한 사람이 여러 사람에게 퍼뜨리는 영향력을 충분히 알기 때문이다.

여러 사람과의 관계에서 나를 불편하게 하던 한사람을 나의 편으로 만든다면 그는 좋은 인간관계를 유지하고 있는 사람이다. 많은 사람에게 긍정적인 이야기를 전달하게 될 것이며, 좋은 이미지를 많은 사람에게 이야기할 것이다.

우리는 살면서 여러 사람과의 관계를 맺는다. 나를 미워하는 사람을 용서하고 더 나아가서 그를 나의 품안에 품는다는 것이 정말 어려운 일임을 실감하게 된다.

⑦

성공적인 직장생활을 한다거나, 사회에서 성공하려고 한다면 당신은 반드시 포용을 배워야 한다. 이는 용서와도 밀접한 연관이 있다. 관용을 벗어나 당신을 미워하는 사람을 당신의 사람으로 만들 수 있어야 한다.

⑧

이것을 실천하는 사람은 성공적인 직장생활을 할 수 있다.

쉽지는 않겠지만, 원수를 만들지 말고, 당신을 미워하는 사람에게 잘못을 뉘우치거나 오해를 풂으로써 그 사람을 사랑할 수 있어야 한다.

좋은 사람이라는 단어가 분명히 당신의 주위에 따라 다니게 될 것이기 때문이다.

절제

❶

인생에 아무리 강조해도 지나침이 없는 말이 있다면 바로 '절제'라는 단어이다. 그만큼 중요한 말이고, 아무리 강조해도 지나침이 없는 말이다.

❷

절제는 말과 행동, 언어, 그리고 가정, 학교, 사회생활 모든 면에서 강조될 수 있다. 적당한 말과 적당한 언어, 그리고 쓸데없는 데 낭비하지 않고 적정하게 유지하는 삶을 절제라고 표현하면 맞을 것이다. 말과 언어, 행동, 모든 면에서 좌우로 치우치지 않고 유효적정하게 움직이는 모습은 보는 사람들로 하여금 품위를 느끼게 하고, 존경심을 불러 일으키게 한다.

절제는 경망스럽지 않음을 의미하고, 매우 자신을 깔끔하게 조절하는 것을 의미한다. 여러 사람들 앞에 잘난 척하며 나서지 않고, 적절히 자신의 위치를 지키며, 자신이 해야 할 일을 아는 사람, 이런 이를 가리켜 절제하는 사람이라고 말한다.

❸

절제의 모습은 아름다움과 기품으로 나타난다.

❹

아무리 유능한 사람이라도 스스로 자신을 치켜세우며, 말로 자신을 나타내면 보는 사람의 입장에서는 참으로 경망스럽거나 한심하게 보이며, 그 사

람의 인격을 한 치만큼 내려서 판단하게 된다.

그러나 스스로 자신의 언어를 적절히 조절하며, 다른 사람 앞에서 자신의 위치를 지키는 사람은 위대하게 보인다.

어떤 사람들은 이 절제를 몰라 낙마하고, 어떤 이들은 자신의 생활을 잘 절제함으로써 미래를 성공적으로 가꾸어가는 사람이 된다.

이는 자신의 욕구의 통제와 끊임없는 자아성찰에 의하여 얻어지는 것이다. 절제는 아무리 강조해도 지나침이 없다.

제2부
행복한 만남

공중전화
Telephone
공중전화
Telephone

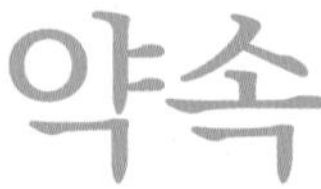

약속

❶

지키지 못할 약속은 아예 하지 않음이 낫다. 때때로 지키지 못할 약속을 해서 앞에 얼굴을 드러내지 못한 친구가 있다. 이런 친구는 차라리 만나지 않음만 못하다.

❷

한 사람이 말을 하고 그 약속을 지킨다는 것은 그 사람의 신용과 깊은 관련이 있다. 약속을 하고 지키지 않는 친구는 차라리 사귀지 않음만 못한 일이다.

❸

다시 돌이켜 보아야만 한다. 내가 지키지 못할 약속을 하고 그 사람을 멀리서 바라보게 된 것은 아닌지. 그 사람이 내게서 멀어진 이유가 내가 약속을 너무 가벼이 여긴 탓은 아닌지.

❹

사람의 허물 가운데 약속을 하고 그 약속을 지키지 못하는 바보 같은 사람은 없다. 약속을 지키지 못할 때에는 솔직히 말하고 깨끗하게 사과를 하라. 이것이 자기 자신을 지키는 최선의 길이다.

말

❶

말은 때때로 다른 사람을 죽이기도 하고 살리기도 한다. 그러나 말은 다른 사람을 살리는데 유용할 수가 있다. 우리는 말을 통해서 변론하기 때문이다.

❷

말보다도 무서운 것이 없다. 말로써 한 사람을 좋게도 만들고 말로써 한 사람을 공동체 안에서 배척하게 할 수 도 있다. 특히 험담을 좋아하는 사람들이 다른 사람을 평가하는 말을 다시 새겨들을 필요가 있다.

❸

다른 사람을 통하여 부하 직원이나 상사에 대하여 비판하거나 흠을 새기는 말을 들었을 때, 의외로 이 말이 뇌리 속에 박혀 사라지지 않는 것을 경험하게 된다. 한 사람에 대한 부정적인 평가가 또 다른 사람에게 전달되면, 이 사람은 조직에 남아 함께 일할 수 있는 의욕을 잃어버리게 된다. 그래서 왕따란 무서운 법이다. 한 사람에 대한 평가의 말을 전할 때는 신중하고도 신중하여야 한다.

❹

말이 많으면 실수가 많은 법이다. 나는 말을 줄이기 위하여 평생 노력해 봤지만 잘 안 되었다. 원래부터 다른 사람에게 꾸미는 것을 싫어하는 탓에 솔직한 것이 말이 많은 경우로 나타나는 경우가 많다. 또 사람의 비위를 잘

맞히려다보니 말이 많아진 경우도 있다.

⑤

서양인들을 보면 참으로 솔직하게 이야기하기를 좋아하는 것 같다. 그리고 정직해 보이는 것 같다. 반면에 우리나라는 전통적으로 식사 때에도 말이 많은 것은 흠결이 된다. 식탁 앞에서도 언제나 조용히 어른들의 눈치를 살피며 밥을 먹어야 한다. 이것이 동양과 서양의 문화의 확연한 차이임에 틀림이 없다.

⑥

성경은 말에 대하여 많은 경계를 가르친다. 말이 많으면 실수가 늘고, 말이 많으면 헛된 욕망이 많아진다는 교훈이 있다. 분명 말이 많아지면 꾸미게 되고, 과장하게 됨을 느낀다. 그래서 아이들에게도 너무 말이 많으면 안 된다고 가르친다.

⑦

말은 적정히 절제할 필요가 있다. 필요 없는 말이 나를 옥죄는 경우가 있기 때문이다. 권력기관의 중요 요직에 앉았던 사람이 취기에 뱉은 말로 옷을 벗은 경우를 보았다. 이런 사례는 교훈이 된다.

⑧

말은 가려서 해야 하고, 차근차근 조리 있게 말하되 깊은 속에서 우러나오는 말들로 가려 할 필요가 있다. 이를 지키는 것이 어렵다는 것은 알지만, 말은 절제하며 줄일 필요가 있다. 나이가 먹을수록 더욱 절실하게 느끼는 사실이다. 이것이 나의 부족함을 덮는 방법이다.

⑨

말의 위력을 알자면 다양한 학자들의 실험과 논문을 통해서 알 수 있다. 맑은 물을 떠서 물을 향하여 좋은 말을 하면 물의 분자가 아름다운 결정체를 가지는 것을 볼 수 있다는 일본학자의 실험 결과가 있다.

어느 방송국에서도 말의 위력을 실험하여 방송한 바가 있다. 우리가 주식으로 삼는 하얀 쌀밥을 유리관에 넣고, 좋은 말만 들려준 흰 쌀밥과 나쁜 말만 들려준 흰 쌀밥을 비교하여 보여주었다. 아름답고 좋은 말을 들려준 쌀밥에는 하얀 곰팡이가 보기 좋게 슬어 있었지만, 나쁜 말을 들려준 흰 쌀밥은 흰 쌀밥이 검게 썩어 문드러져 있음을 보여 주었다. 말의 위력은 생물이 아닌 음식에서까지 영향을 미친다는 사실을 알 수 있다. 사람에게도 좋은 말이 필요하다는 사실을 알 수 있다.

⑩

긍정적인 사람은 긍정적인 말을 한다. 반면에 부정적인 사람은 부정적인 말을 한다. 미래 지향적인 사람은 성공을 염두에 두는 말을 하고, 희망을 가진 사람은 미래의 꿈을 이야기한다. 옆에 있는 사람도 희망이 솟는다. 미래를 진취적으로 살고 싶어지는 욕구가 함께 있는 사람에게도 돋아나게 된다.

불평을 하는 사람은 항상 부족하게 보이며, 그의 옆에 가까이 가기가 싫어진다. 그래서 사람들은 희망과 꿈을 이야기하는 사람을 가까이 하고 싶어진다. 성공 지향적인 사람, 미래 지향적인 사람들은 가까이 있는 사람에게 성장 도미노를 일으키게 한다. 우리에게 미래적이고 진취적인 말이 필요한 때이다.

⑪

자녀들에게는 좋은 말과 덕담을 해야 한다는 사실을 알 수 있다. 자녀들

이 긍정적이고도 미래지향적인 생각과 말을 갖도록 그들을 안내할 필요가 있다.

칭찬과 격려의 말을 듣고 자란 아이들이 매사에 긍정적이며 자신감이 넘친다는 사실은 아이들을 어떻게 양육해야 하는지 알 수 있는 근원이 된다. 그러나 사실은 잘 안 된다. 이것이 고민이다. 그렇지만 자녀들에게 좋은 말과 좋은 언어를 가르쳐야 한다는 것은 알 수 있다. 바른 생각과 바른 삶으로의 길을 선택할 수 있기 때문이다. 그래서 더욱 말이 중요하다는 사실을 알 수 있다.

음악

❶

모차르트 효과라는 말이 있다. 식물에게 편안하고 감미로운 모차르트 음악을 들려주면 식물이 더 튼튼하고 건실하게 자라고 성장하는 것을 두고 하는 말이다.

좋은 음악은 우리의 마음을 편안하게 하며, 답답하던 가슴을 탁 트이게 한다. 아름다운 음악은 고단한 몸을 안식의 자리에 누이게 하고, 감미로운 음악은 우리의 마음이 전원에 있는 듯 평온함을 갖게 한다. 또한 애련하고도 잔잔한 음악은 우리의 눈가에 눈물을 짓게도 하며, 이별의 슬픔을 또 다시 경험하게 한다.

음악은 우리의 마음을 정화시킨다. 편안하고, 아늑하고, 오늘 하루 안식을 젖게 하며, 때로는 마음의 심금을 울린다. 연인에 대한 그리움과 아침 고요의 정서를 함께 어울리게도 한다. 이것이 음악의 힘이다.

❷

요란하게 떠드는 드럼 소리와 함께 시끄러운 음악은 우리의 가슴속에 무력함과 답답함을 갖게 한다. 어떤 때는 흥에 겹게 하지만, 때로 조화되지 않은 불협화음은 어떤 때는 짜증을 유발하게 할 때도 있다.

요즘 음악들이 왜 이리 요란스러운지. 연신 이어폰을 끼고 몸을 흔드는 아이들의 세대를 부모들이 가볍게 이해하기란 쉽지 않다. 그렇지만 아이들의 음악을 몇 번 듣고 나면 적어도 그 멜로디가 중독성이 있음은 알 수 있다.

록 음악이 주는 느낌은 사람을 그냥 있지 못하게 만든다. 연신 음악에 맞추어 몸을 흔들고, 춤을 추고, 잠시도 가만있지 못한다. 큰북 소리에 몸이 울리고, 스피커 소리에 의자가 울린다. 어쩌면 너무 시끄러워 일어나고 싶은 경우도 있다.

사람에 따라 다르겠지만, 이런 음악을 유독 좋아하는 사람들도 있다.

③

가수들의 히트송과 그들의 인생의 결말을 비교한 논문에서는 히트한 노래가 가수들의 인생과 깊은 연관이 있음을 보여 주었다. 이는 자신의 노래와 말이 인생의 미래를 예견하는 것과 같다.

끊임없이 희망찬 미래를 노래하는 이에겐 그 미래가 밝고 아름다워 보인다. 그의 마음과 생각이 말과 행동으로 나타나고, 그의 입술이 말을 통해서 희망적인 미래를 추구함을 알 수 있다.

소망을 노래하는 가수의 노래는 힘이 있으며, 앞으로의 낙관적이고 희망적인 삶을 노래한다. 비관적인 노래를 부르던 이의 삶은 충동적이고도 때로는 극단적인 선택을 함으로써 생을 마감하게 되는 경우도 있다.

④

음악이 주는 소리에 대하여 알 수 있는 건, 식물도 고요하고 아름다운 선

율을 좋아한다는 것이며, 사람 역시 이런 음악적 환경에서 자라날수록 아름답고 고운 마음씨를 소유하게 된다는 사실이다.

아름다운 선율의 음악을 듣고 자란 아이들이 정서적으로 안정적 되기 때문에 사람들은 태교 음악을 즐겨 듣고, 아이들의 미래가 행복해지기를 바란다.

⑥

음악은 오늘 하루 우리에게 평안한 안식을 가져다준다. 특히 이 음악이 영혼의 소리를 담고 있다면, 거룩한 절대자이신 하나님을 찬송하는 음악이라면, 그 소리는 더욱 빛나는 영광을 갖게 될 것임에 틀림이 없다.

진실

❶

진실보다 더 정확한 것은 없다. 아무리 부정적인 사실이 말로서 전달된다 하더라도, 또한 그 말이 객관적인 신빙성을 가져 말을 좋아하는 사람들의 입을 통하여 전달되었다 하더라도, 진실보다 위대한 힘은 없다.

❷

진실은 가식이 없기 때문에 사람들의 마음을 움직일 수 있는 힘이 있다. 진실은 정직과도 연관이 있지만, 진실은 어떤 사실 그 자체가 가진 올바른 상황을 전달하는 힘을 의미한다.

❸

때때로 왜곡된 자신의 모습이 텔레비전이나 각종 매스컴에 비친다 해도 걱정하거나 괴로워할 일이 아니다. 진실의 힘은 위대하기 때문이다. 자신이 떳떳하고, 올바르다면 여러 사람들이 대중이라는 힘을 빌려 내리는 그릇된 평가가 중요한 것은 아니기 때문이다.

❹

대중의 왜곡된 힘에 밀려 자살한 유명 연예인이 있었다. 한 사람의 자살 후에 남겨진 것은 가족들의 울음과 당사자의 싸늘한 시신뿐이었다.

❺

진실은 위대하다. 그것은 암흑을 뚫고 일어설 수 있는 힘과 능력을 가졌다. 많은 사람이 진실의 힘을 믿고 진리로 돌아선다. 진실이 없다면 우리가 믿을 것은 모두 가식과 허울뿐인 것이다.

때때로 우리가 좋은 말로 포장을 하고, 좋은 미소를 지워도, 그 속에 감추어진 내면의 모습은 조금씩 그 화장을 뚫고 드러나게 마련이다. 그 이유는 감추어진 내면 깊숙한 곳에 진실이 자리 잡고 있기 때문이다.

판단

❶

다른 사람에 대한 냉정한 평가는 자신의 눈이라는 마음의 창문을 통하여 판단하기 때문에 결코 객관적일 수 없다. 즉 자신의 가치 기준에 따라 다른 사람에 대한 편견을 가지게 된다는 말이다.

이 기준이 자신의 마음속에 남아 있는 한은 자신의 판단 기준이 다른 사람에게 전달될 리 없다. 그러나 자신의 입술을 통하여 말로 표현되고 전달된다면, 한 사람에 대한 나름대로의 평가를 내리는 순간이 된다.

❷

자신의 마음의 창문을 통하여 걸러진 상대편에 대한 평가의 말은 자신의 편견에 의하여 한 사람을 바라보는 결과를 낳는다.

❸

가능하면 사람을 판단하려고 하지 말라. 당사자의 앞에서 충고는 판단이 아니다. 그 사람을 사랑하기 때문이다. 그러나 관심이 없으면 충고조차 하지 않게 되며, 미워한다면 그를 평가하고 험담하고 다니기 마련이다.

❹

직장이라는 조직 속에 살다가 보면 이러쿵저러쿵 하는 이야기를 많이 듣게 된다. 한 사람에 대한 평가는 어떤 경우 지나치리만치 냉정하게 한 사람을 몰아붙인다. 사람이 모인 사회라는 것이 그렇게 생겨 먹었기 때문이다.

5

그러나 여러분은 가능하면 사람을 판단하려고 하지 말라. 그 판단하던 사람이 여러분의 직접적인 상사로 부임할 수 있기 때문이다.

직원들의 눈에 비친 불평스런 상사의 모습은 오히려 그 윗사람에게는 더 귀중한 모습으로 눈에 띨 수 있다.

여러분의 눈과 그 윗사람의 눈은 보는 시각이 다를 뿐만 아니라, 상사의 평가의 기준은 다르기 때문이다. 여러분이 하는 일은 실무이고, 상사는 그 이상의 과제와 조직을 생각하는 일로 꽉 들어차 있다.

단지 여러분에게 맡겨진 일만 하는 여러분과는 또 다른 생각을 가진 사람이 조직의 상층부를 차지하고 이끌어가는 것이다. 그래서 어떤 일이든 사람에 대한 선부른 판단은 아주 위험한 것이다.

6

한 사람에 대하여 판단하기란 참으로 어려운 일이다. 설령 그 사람에 대한 판단을 마음에 가진다 해도 마음속으로 새기고 말 일이다. 교류가 잦은 단일 직렬을 가진 조직이라면 특히 조심하여야 한다.

한 사람에 대한 평가는 어느새 사람들의 입을 타고 부정적이든 긍정적이든 금새 소문이 나고 만다. 꼭 같이 근무하고 싶은 직원, 더 이상 같이 근무해서는 안 될 직원이라고 금방 알려진다.

정기적이고도 의무적으로 이동을 하여야 하는 인사시스템을 가진 조직이라면 한사람에 대한 여론의 평가는 더욱 무서운 법이다. 조직에서 중요한 인물로 혹은 부정적인 인물로 만들어 낼 수 있기 때문이다.

한 사람의 인격에 관한 판단은 자리를 몇 번이나 바뀌어도 떠나지 않는다. 직무성과는 보직이 바뀌면 만회할 수 있다. 그러나 한 사람에 대한 부정적인 이미지를 긍정적으로 바꾸려고 한다면 이는 쉬운 일이 아니다. 부정적인 평가를 긍정적인 평가로 바꾸려고 한다면 진실에 기댈 수밖에 없다.

나 자신이 판단을 받기 싫어한다면 다른 사람을 판단하지 말라. 이는 성경에 나오는 유명한 진리이다.

'비판받지 않으려거든 비판하지 말라.'

실천하기 쉬울 것 같지만 정말 어려운 말이다. 그래서 덕을 쌓는 생활이 중요하다.

⑧

직무에 서로 얽매이다 오면 부득이 충돌이 일어날 수밖에 없다. 이를 해소하기 위하여 사람들은 서로 함께 식사를 하고, 함께 소주잔을 기울이기도 한다.

남자들이 사무실에서 아웅다웅 하다가도 금방 친해지는 것은 이런 회식자리에서 소주잔을 기울일 때이다. 우리나라의 직장문화가 가진 독특한 소통방식이다.

⑨

가장 중요한 것은 남을 험담하지 말라. 그러면 자신도 험담을 받지 않게 될 것이다. 덕을 쌓으라는 말보다 이 말을 지키는 것이 쉬우련만, 이 말을 실천하는 사람을 그리 많이 보지 못하였다. 참으로 안타까울 때가 많다.

⑩

말은 소중하다. 생각하는 것을 밖으로 표출하지 못한다면, 아무리 좋은

생각을 갖고 있다 하더라도 그 속내를 알 길이 없다. 적당한 말과 언어, 이는 반드시 필요하다.

때때로 말하는 것을 연습하거나 강의를 경청한 일이 있다. 그만큼 스피치는 중요한 말의 표현 방법이다.

어나운서들이 열심히 문장을 읽는 연습을 하는 것을 보면 말의 중요성을 충분히 공감할 수 있다.

정확한 의미의 전달과 강력한 의사의 표현, 이것은 말의 표현으로써만 가능한 일이다.

국회의원들치고 말을 하지 못하는 사람이 없다. 그만큼 말을 잘한다는 말이다. 그러나 그분들의 한줄기 연설에서 감명을 받지 못하는 것은 말을 못해서가 아니라 가뜩이나 어려운 국가의 경제상황을 체득하지 못하는 그들의 행동 때문이다.

말의 힘은 진실한 행동이 수반될 때 감명을 받게 한다. 솔직하고 담백한 말은 상대편에게 설득력을 갖고 나의 인격을 돋보이게 한다. 너무 많지 않으면서도 정확고도 유머 있는 의사전달은 말을 통해서만 가능하다. 말의 중요성은 아무리 강조해도 부족함이 없다. 이것은 진리이다.

관계

❶

사람이 일생을 사는 가운데 인간관계만큼 중요한 것은 없다. 모든 것은 사람으로부터 출발해 사람으로 모든 것이 정리되기 때문이다.

때때로 돈이라는 것이 매개체로 작용하기는 하지만, 그것도 하나의 매개체일 뿐이다.

❷

사람이 태어나서 제일 먼저 만나는 것도 사람이고, 또 부딪치는 것도 사람이다. 가족을 통해서 사회를 배우고, 이 사회를 통하여 자신의 일생이 시작된다. 직업을 가지고, 사회의 구성원으로서 중추적인 역할을 하는 순간에도 사람에게 자신의 과업을 과시하고, 사람을 통하여 자신의 역할을 수행한다.

인간관계는 사람과 사람 사이의 관계이다. 부모와 자식, 아버지와 아들, 엄마와 딸들의 관계가 가족관계에서 형성된다. 직장에서는 상사와 부하, 고객과 직원으로서 관계를 형성한다.

❸

어떤 인간관계를 유지하고 어떻게 일생을 살 것인가 하는 것은 매우 중요하다. 모든 것이 인간관계로부터 시작하기 때문이다. 관계가 있어야만 의사가 소통되고, 고객에게 물건을 판매하고 돈을 벌어들일 수 있다. 즉 모든 생활이 인간관계에 의해서 형성된다는 것이다. 이는 혼자서는 살 수 없고, 사

회라는 공동체 안에서 살아가는 것이다. 인간은 사회적동물이라는 말을 증명하고 있는 것이다.

④

믿었던 사람에게서 배신당하는 것만큼 서글픈 일은 없다. 그렇지만 세상사가 다 그렇다. 이런 서글픈 일들은 항상 생기는 법이니까.

어떤 사람이든 적정한 관계를 유지하는 것은 매우 중요하다. 너무 속내를 내비쳐서도 안 되고, 너무 관계를 소원히 해서도 안 된다. 가까워지면 비밀이 없어 좋을 것 같으나, 너무 많은 것을 알아 이용을 당할 수 있다.

항상 그렇듯이 무엇이든 적정한 것이 가장 좋다. 너무 가까워도 안 되고 너무 멀리해서도 안 된다. 싫은 내색을 비춰서도 안 되겠지만, 너무 가까워 경망스럽게 보여서도 안 된다. 참으로 어려운 것이 인간관계이다.

⑤

처신을 잘하는 사람들이 있다. 이런 사람을 볼 때면 어쩌면 저렇게도 적절하게 발언을 잘하고 행동을 적정하게 잘 할까 하는 생각을 갖게 한다.

처세의 달인이 되라는 것은 아니지만, 인간관계를 잘 유지하는 것은 좋은 일이다. 그러나 다른 사람에게서 거부감을 만들지는 않도록 해야 한다.

자신의 자리에서 적절한 관계를 잘 유지하는 것은 불편하지 않은 관계를 유지하는 것과 같다.

상사

❶

윗사람과의 관계를 잘 정립한다면 출세의 길이 열릴 수도 있다. 그러나 보통 어려운 일이 아니다.

보통사람의 경우 높은 사람과 만나면 혹 실수나 하지 않을까, 주눅이 드는 경우가 많다. 그럴 필요가 없다. 상사나 나나 같은 인간이니까.

강한 자신감이 나를 감싸도록 하기만 하면 된다. 아랫배에 힘을 주고, 긴장을 풀고, 무슨 말을 할 것인가를 생각하라.

❷

상사와의 관계에서 무엇보다 필요한 건 그 분야의 전문적인 지식과 업무의 성과이다. 일에 대한 열정이 없는 사람을 상사가 좋아할 리 없다. 업무의 성과를 내기 위해서는 자신이 맡은 일에 최대한 전문가가 되어야 한다. 자신이 맡은 직무를 모르고서야 무슨 일을 수행할 수 있겠는가?

❸

미소로만 모든 것을 이루려는 사람들이 있다. 어리석음 그 자체이다. 성과를 내지 못하는 부하를 상사의 비위를 맞춘다고 좋아하는 경우는 드물다. 만약 이런 상사가 출세하는 회사라면, 그 회사는 머지않아 문을 닫게 될 것이다.

❹

직원들은 상사를 평가할 때 사람 됨됨이를 우선 두지만, 그것이 목적이 아님을 명심하라. 왜냐? 직장에서는 일로써 서로 만나고 헤어짐이 지속되기 때문이다.

아무리 인격적으로 훌륭한 상사가 있다 하더라도 다른 사람에 비하여 업무능력이 뒤쳐지면 그는 인기가 별로 없다. 일 잘하는 유능한 상사가 자신의 힘이 됨을 알기 때문이다. 유능한 상사가 부하를 사랑하는 인격으로 덕망을 얻는다면, 그의 인기는 치솟듯 한다. 직원들은 알기 때문이다. 유능한 상사만이 당신을 아낄 수 있다는 것을.

⑤

상사와의 관계는 친밀하면서도 너무 친밀하지 않게, 적당한 거리를 두고 사귀는 것이 좋다. 왜냐하면 그 상사는 당신을 평가하는 입장에 있기 때문이다.

좋은 말이건, 나쁜 말이건, 유능한 상사라면 당신을 평가할 능력을 갖기 마련이다. 언제나 피평가자라는 입장이 확인되면, 당신은 상사 앞에서 매사에 행동을 조심하게 될 것이다.

⑥

언제나 상사는 있기 마련이고, 자리가 올라가면 올라갈수록 더욱 상사와의 관계는 층이 생기기 마련이다. 하고 싶은 이야기가 있어도 참아야 하고, 말과 행동에도 주의를 기울이게 되며, 더욱 상사의 눈치를 보게 된다. 불행하지만, 이것이 현실이다.

직원

❶

부서에서 함께 근무하는 직원이 있다면 사랑으로 바라보라. 직원에 대한 지나친 권위 의식은 업무성과에 부작용만 나을 뿐이다.

강력하게 업무를 추진하더라도 개인적인 고민은 들어주고 사생활은 보장해 주라. 직원들은 그런 상사를 원한다. 형 같이 든든하면서도 기댈 수 있는 그런 상사를 원한다는 사실을 명심하라.

❷

부하의 허물을 쓰다듬고, 항상 격려의 말을 하라. 당신을 위해 유능한 부하로서 능력을 발휘할 것이다.

부하는 격려의 말을 듣고 힘을 얻으며, 낮은 성과급에도 충성을 발한다. 그러나 돈에 대한 보상이 적절히 필요한 경우에는 아끼지 말라. 작은 것을 아낌으로 큰 사람을 잊어버릴까 두렵기 때문이다.

❸

부하 직원을 대할 때는 나 자신이 항상 부하직원으로 일했음을 잊지 말라. 나 자신의 옛일이 거울이 되어 바람직한 인간관계를 형성할 수 있도록 도울 것이다.

시어머니처럼 말하지 말라. 일을 맡겼으면 미더워하고, 성과물이 나올 때까지 기다리는 법을 배우라.

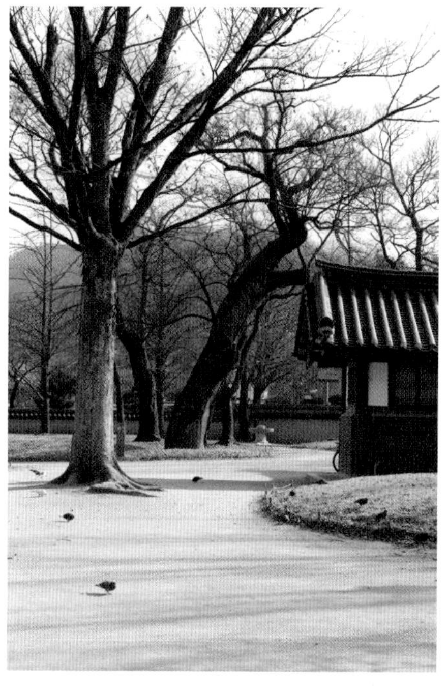

예를 갖추어 대하고, 항상 말을 조심하라. 그들에게는 자그마한 말이 큰 상처로 남아 있을 수 있기 때문이다.

④

부하 직원의 안색을 살피라. 그가 어떤 곤경과 어려움에 처했는지 살펴보라. 누가 될까 이야기하지 않고 지나가는 경우가 많다.

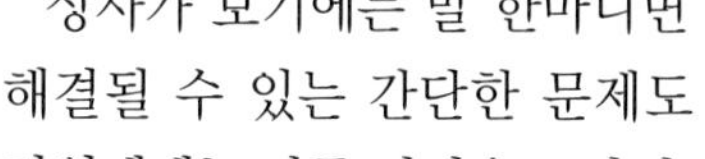

상사가 보기에는 말 한마디면 해결될 수 있는 간단한 문제도 직원에게는 아주 어려운 고난이도의 문제일 수 있다.

직원이 항상 문제를 갖고 함께 토의할 수 있는 분위기를 만드는 것은 중요하다. 물론 너무 자주, 쉽게 다가와 문제를 떠넘기도록 두어서는 안 될 일이다.

⑤

부하 직원과의 관계는 솔직하고, 꾸밈이 없어야 사고가 발생하지 않는 법이다. 매사를 강압적으로 다스려서는 안 된다. 때때로 직원의 견해가 더 현실적이고 해결 가능한 방안으로 제시될 수 있다는 사실을 명심하자.

⑥

하급 직원들이 모여 웅성거길 때는 반드시 문제가 있는 법이다.

아무리 불평스런 일이라도 상사가 물으면 아무 일 없다는 듯, 서로가 책임을 미루거나, 선뜻 나서서 이야기 하지 않으려고 한다.

문제가 감지되었으면 해결하여야 하고, 아무리 내 생각이 옳다고 생각해도 직원들의 생각이 올바를 수 있다.

겸손하게 직원들을 대하고, 그들의 능력을 최대한 발휘하도록 직원들을 다독거려야 한다. 직원들은 격려를 먹고 일어설 힘을 얻기 때문이다.

권력

❶

권력 무상이라는 말이 있다. 권력은 항상 곁에 있는 것이 아니다. 가졌다고 생각하는 순간 내려놓아야 할 것이 권력이다.

권력을 쥐는 순간 내려놓아야 하는 순간을 놓쳐서 부끄럽게 생을 마감하는 사람을 많이 보았다. 가진 순간 어떻게 내려놓을 것인가를 생각하라. 항상 마음에 두라. 세상사는 끝이 있기 때문이다. 이것을 생각하는 것이 당신에게 얼마나 유익한지, 세월이 지난 후에야 깨닫게 되리라.

❷

권력은 지위로 인하여 발생하지만, 지위를 잃는 순간 하루아침에 사라지고 마는 그림자 같은 것. 권력을 쥐었다고 하는 순간 내려놓을 준비를 하라. 그리하여야 종말을 아름답게 수놓을 수 있게 된다.

❸

지위와 권력은 떼어 놓을 수 없다. 하지만 지위가 낮음에도 권력의 힘이 큰 경우가 있다.

사람들이 권력기관에 있는 당신에게 찾아와서 고개를 숙이며 인사를 한다면 그것은 당신 개인의 인격을 보고 인사를 하는 것이 아니라, 당신이 앉은 자리를 보고 인사하는 것이다. 그 사람은 당신이 거기에 있든 없든 그 자리를 보고 인사를 하는 것이다.

④

지위를 남용하면 형법에서는 범죄행위가 된다. 권력이 큰 만큼, 지나간 자리의 후유증도 있다는 사실을 안다면, 당신은 항상 몸가짐을 단정히 하게 될 것이다. 스스로를 가꾸고 다듬는다는 것은 그만큼 자신의 성찰을 유지하여 겸손하게 된다는 말이다.

인내

❶

이 세상을 사는 데 인내만큼 필요한 지혜는 없다. '인내는 쓰지만 그 열매는 달다.'라는 격언이 중요하게 느껴지는 것도 이 때문이다.

우리는 인내를 말로 설명하기를 좋아하지만, 인내는 말로 설명되는 것이 아니다. 고난을 이겨나가는 역경 같은 것을 인내라고도 말하지만, 인내는 내면 깊은 곳에서 배어나는 마음으로부터의 진정한 참음이다.

인내는 말로서 설명되는 것이 아니라, 그 사람의 내면 깊은 곳에서부터 배어나오는 거룩한 인격이다.

매사에 인내할 수 있는 사람보다 복된 사람은 없다. 다른 사람이 뭐라고 하더라도 참고 자신의 일을 묵묵히 해 나가는 성실성이 그 안에 있기 때문이다.

약간의 돈에 의해서 자신의 인격을 팔고 다른 생각을 하는 사람을 보았다. 이런 사람은 인내하는 사람이 아니다. 환경이 어렵더라도 자신을 가꾸고 묵묵히 일하는 성실한 사람이 인내하는 사람이다.

어려운 상황이 오더라도, 미래의 앞길이 보이지 않더라도 끊임없이 길을 헤쳐 나가는 믿음과 신뢰를 가진 그 사람이 인내하는 사람이다.

❸

모든 것을 너무 쉽게 이루려고 하는 사람이 있다. 이런 사람은 위험한 류의 사람이다. 이 세상의 어떤 일도 자신이 해 보면 쉬운 것이 하나도 없다. 어떤 일이든 하나의 성취과정을 살펴보면 참으로 어렵고 힘들었던 일이 한두 번이 아니다. 성공한 사람들 누구나 이런 고백을 한다. 지나고 나면 단순하지만, 그 당시에는 뼈를 녹이는 듯한 아픔을 경험했다는 말이 맞다.

자신의 맡은 일이 때때로 너무 단순하여 지루하거나, 인격적 모독을 받거나, 다른 사람에게 손가락질을 당할 수도 있다. 업무의 성취도에 따라 윗사람의 강력한 질책을 받을 수도 있다.

쉬운 일이 없다는 것은 그 고난과 그 과정을 참아내어야 함을 의미한다. 미래가 내가 가야할 길이고, 이 길이 나에게 주어지고 맡겨진 책무요 의무감이라고 느낀다면, 이 일은 참아 내어야 하고 앞을 향해 달려 나가야만 하는 일이다.

④

젊은 아이들에게 하고 싶은 충고의 말이 있다. '모든 일을 너무 쉽게 생각한다.' 라고 하는 말이다. 이 세상에 쉬운 것은 하나도 없다. 설령 내 자신이 보기에 쉬워 보일는지 몰라도, 가는 길은 험난하고 어렵기 마련이다.

성취된 미래가 젊은이들의 눈에 금새 보이지는 않는다. 그렇지만 보이지 않지만 끊임없이 달려 나갈 수 있는 것은 그 미래가 다가올 것이라는 확신 때문이다. 그래서 오늘을 인내할 수 있는 것이다.

젊은이들이여! 참고 미래를 기다리라!

⑤

인내의 의미는 현실을 참아 기다리는 것을 의미한다. 오늘이 너무 힘들고 일어설 수 없을 것 같지만, 참으며 열심히 노력하는 것을 의미한다.

그러나 때때로 인간관계가 불편해도 참고 기다리는 것을 의미하는 경우도 있다. 참는 것은 좋은 일이다. 상대편이 나를 불편하게 해도 어느 순간 이런 일들은 지나가기 마련이다.

현실을 참는 것과 마찬가지로 마음이 좀 불편하더라도 내색하지 않고 참아 기다려야만 한다. 왜냐하면 그 상황이 영원히 지속되지는 않을 것이기 때문이다. 참고 기다리다 보면 어느 순간에 더 좋은 상황으로 역전되어 더 좋은 여건으로 모든 것이 얽혔던 실타래가 풀리듯이 술술풀려져 나감을 알

수 있다.

잠시 참아 기다리라. 성경은 인내에 대하여 가르친다. 어려움이 있으면 쉼이 있기 마련이고, 고난 후에는 평안이 오기 마련이다. 인내는 우리에게 기다림을 말하지만 선한 그 노고에 대한 대가도 잊지 않는다.

책임

❶

인간은 태어나면서부터 자신에 대한 의무와 책임을 어깨에 메고 태어난다.

아직 어린아이였을 때는 부모에 대한 의존으로 성장해 가지만, 자기 자신을 의식할 나이가 되면, 자신에게 주어진 책임과 의무감을 깨달음으로 마음에 부담을 느끼게 된다. 세상에 나가 활동하는 시간이 늘어나면 날수록 책임감을 체득하게 되고, 이것이 삶을 사는 하나의 방식으로 자리매김하게 된다.

❷

책임은 때때로 저항할 수 없을 만큼 육중하게 몸과 마음을 짓누른다. 책임을 다하지 않는 이상 권리라곤 전혀 주어지지 않는다는 사실을 깨닫기 때문이다. 이 땅에 태어난 이상 더 이상 헤어날 길은 없다.

❸

살아가면서 책임감이 더욱 어깨를 짓누른다.

처음 교제를 할 때는 장밋빛 미래를 내다보지만, 살면서 어려운 일들이 느껴지는 것은 가족부양에 대한 책임감 때문이다.

부모로부터 아무것도 물려받지 않은 이상, 누구를 탓할 것도 없다. 노동의 수고를 단단히 누리며 살아야 한다. 누구에게 기댄다고 해결될 일들이

아니다. 이웃에 대한 책임이 무거운 것이 아니다. 바로 가족을 먹여 살려야 할 일들이 가장 큰 걱정으로 다가오게 된다.

④

어떤 일이든 자신이 맡은 일에는 책임이 따르기 마련이다. 이 책임을 다 하지 않으면 어떤 주장을 할 수도 없다.

회사에서 자신이 맡은 일을 다하지 못한다면, 곧 해고 통지를 받게 될는지 모른다. 신분이 보장된 공무원도 상사로부터 싫은 소리를 듣지 않을 수 없게 된다. 이는 바로 지금 이 현실에 대한 압박감이다.

⑤

책임을 두려워하지 말라. 거친 파도를 헤치듯, 모든 일들은 고난과 역경을 통해서 극복된다. 책임은 또 다른 권리이자 희망이다. 책임이 주어졌다

는 것은 내가 누구에겐가 속해 있다는 뜻이고, 누군가 나를 믿고 있다는 것을 의미한다.

하나의 문제를 풀어가듯, 주어진 책임을 감당해 낼 준비를 하여야 한다. 거기에는 노력이 반드시 필요한 법이다.

노고가 스며 있지 않은 일들은 지나고 나면 그리 오래 기억되지 않고, 허드렛일이었을 뿐이다. 책임이 중해질수록 긴장감이 심해지고, 피로도 쉬이 찾아온다. 그렇기 때문에 그 책임을 다한 후의 열매는 더욱 값지고 귀하여, 칭찬이 더욱 달콤하게 느껴진다.

⑥

당신이나 나나 우리 모두는 책임을 지고 살아간다. 이 책임은 사회의 구성원으로서의 요소이며, 미래를 여는 희망의 요소이기도 하다.

아이들에게 기대하는 것도 바로 이 책임감이다. 학교를 벗어나 어엿한 어른으로 성장하기까지 끊임없이 아이들에게 가르치는 것은 지식이기도 하지만, 먼저 사회 공동체에 대한 의무감이다. 책임은 내가 먼저 져야 하는 것이다.

⑦

종종 책임을 회피하려는 사람들이 있다. 이들 때문에 온통 사회가 시끄럽다. 바꾸어 생각하면 나 자신도 책임을 회피하려는 경향이 있다. 어려운 일은 피하고 싶고, 남들보다 적게 책임을 지고 싶어 한다. 이것은 사람이면 누구나 가진 속성이기도 하다.

⑧

책임감이 강한 사람만이 리더가 될 수 있다. 이것은 진리이다.

나라위해
살다간
안동
독립운동가
1000人

명예

❶

명예를 위해 사느냐 돈을 위해 사느냐 이것이 참으로 고민스런 문제이다. 명예를 위해 살자니 가난하게 살아야 하고, 돈을 위해 살자니, 명예를 얻을 기회가 없다.

❷

돈이 있으면 명예를 얻을 수 있다. 집념을 가지고 돈을 버는 것은 좋은 일이다. 그러나 부정한 방법으로 돈을 버는 것은 결국 명예를 좀 먹고 만다.

명예는 값진 것이다. 고귀한 것이다.

이 말은 말하지 않아도 다 안다. 몰라서 실천하지 못하는 사람은 없다. 그러나 먹을 것이 없는 사람에게, 일자리를 구하려고 해도 구하지 못하는 사람에게 명예란 무슨 의미가 있을까? 하나의 너울일 뿐이다.

❸

명예를 사랑하는 사람이 있다. 그는 일평생 가난하게 살아왔다. 가족들은 먹을 것이 부족했고, 아이들을 학원을 보낼 돈이 없었다. 청빈한 삶을 살았지만, 한 아이는 아버지를 귀하게 여겼다. 반면에 한 아이는 아버지를 원망했다. 나는 어느 편에 서 있어야 하는가?

❹

돈은 없다가도 있고, 있다가도 없어지는 법이다. 그러나 명예는 사라지지 않는다. 두고두고 그 이름이 기억된다. 나는 무엇을 위해 살 것인가?

5

명예는 진실과 성실을 함께 수반한다. 신의를 지키기를 원하고, 참되고 올바르게 살기를 원한다. 스승은 아이들에게 이렇게 살기를 가르친다. 그렇지만 그렇게 가르치는 스승은 명예를 얼마나 소중히 여기는가?

올바르게 산다고 나를 알아주는 사람은 얼마나 되는가? 가난하고 청빈하게 산다고 나를 알아주는가? 그렇지만 사람들은 세월이 지난 뒤에 회자하지 않는가? 그분이 진정한 지도자라고.

6

무엇이든 중용이 좋다. 그러나 돈 보다는 명예를 택하라. 그 길이 훨씬 후일 명예롭기 때문이다. 손가락질 받는 치부보다는 사람들에게 명예롭게 유명해지는 것이 낫다. 돈은 적정히 있으면 되는 것 아닌가? 올바르게 버는 법을 배우라. 그리고 적게 가지고 있을 때 적게 쓰는 법을 배우라.

7

스스로 명예롭게 되는 일은 어렵지 않다. 스스로의 성실과 착함, 그리고

올바르게 사는 것에서 자긍심과 명예를 함께 가지게 된다. 남을 해롭게 하지 않고, 변리로 사람들의 돈을 뜯지도 않으며, 성실한 양심의 소리를 들으며 사는 사람은 명예롭게 되기 마련이다.

당신의 주머니에 돈이 없다고 하면, 양심을 따라 살라. 올바르고도 성실하게 산다면, 어느 순간 당신을 이해하는 사람이 있기 마련이다.

결론적으로 돈보다 명예가 낫다. 명예를 잃으면 돈이 있어도 쓸모가 없기 때문이다. 결국 불성실함은 많은 돈을 당신에게서 빼앗아갈 것이기 때문이다.

지식

❶

지식은 인간의 삶을 풍족하게 해 준다.

지식은 탐구를 기반으로 해서 얻어지고, 지속적인 학문의 연구에 의해서 더욱 발전해 나간다.

인간이 도움을 받는 것은 축적된 지식으로부터 얻어지는 소산물이다.

지식은 삶의 원천이다. 그럼에도 축적된 지식이 종종 위험한 일에 사용되는 경우가 있다.

어느 철학자는 지식이 없는 사랑과 사랑이 없는 지식 모두가 위험하다고 지적했다. 지식이 없는 사랑은 무지를 일컫는다. 사랑하고 싶지만, 그 방법이 잘못되어 많은 사람을 죽음에 빠지게 할수가 있다.

그는 지식이 없는 사랑으로 흑사병 앞에서 중세시대의 수도원의 대처방법을 들었다. 환자들을 격리 수용하여야 전염병이 더 이상 확대되지 않을 수 있었음에도 전염병이 무엇인지 몰랐다. 원자력과 다이너마이트는 인류를 위해 발명되었지만, 악용됨으로 많은 사람을 살상시킬 수 있는 무기로 활용되었다. 사랑이 있었다면, 사람을 살상하는데 사용하지는 않았을 것이다.

지식에는 사랑이 꼭 필요하다는 점을 일깨워주는 단면이다.

③

공부를 많이 한 사람을 지식이 많다고 이야기한다. 박사가 되면 최고로 공부를 많이 한 사람이라고 우리는 인식한다. 그러나 박사가 훌륭한 인격을 갖추었다고 말하지는 않는다.

⑤

지식은 이 세상을 살아가기 위한 지혜의 수단이다. 지식이 없이는 직장생활을 할 수도 없고, 나가서 막노동 외에 돈을 번다는 것은 생각하기 어렵다. 그래서 우리 모두는 끊임없이 공부를 하는 것이다.

⑥

지식을 얻기 위해 여러 해 동안 공부를 해 보라.

- 나는 등록금이 없어 내가 벌어서 공부를 했고, 칠년이나 지나서야 대학 문턱을 밟아 보았다. 더 나아가 대학원에서 두 번이나 공부를 계속해 보았다. -

학문을 얻은 후에 찾아오는 것은 기쁨보다는 갈증이다.

어떤 지식을 쌓을 것인가 하는 것은 지속적인 고민이다. 학문을 계속하는 것이 오히려 흠과 짐이 될 때가 많다. 지식을 쌓으려 하지 말고, 그 분야의 최고 전문가가 되도록 하라. 체계적인 학문이 필요하다면, 대학문을 두드리되, 적어도 자신이 관심을 갖는 분야 최고 전문가가 되도록 노력하라. 모두가 일인자가 될 수는 없겠지만, 가능하면 일인자가 되도록 노력하라. 자신의 맡은 분야에서 최고가 된다면, 그 분야의 최고의 지식을 가진 사람이 될 것이다.

신의

신의란 우정을 다지는 기본이다. 신의는 믿음과 신뢰를 총칭하는 말이다. 신의는 서로에게 있어 피해를 주지 않는다. 상대방에게 해가 행동은 하지 않는다는 말이다.

직업

❶

어떤 직업을 얻을까 일생의 고민이다. 대학을 진학하고 전공을 살려보려 하지만, 엉뚱한 직업의 세계에서 고민하게 된다. 자신의 전공과는 전혀 다른 직업을 갖게 되는 경우도 있다. 이는 어릴 적부터 어떤 직업을 선택할 것인가 하는 준비가 되어 있지 못하기 때문이다.

❷

자신의 인성검사와 적성테스트를 거쳐 직업을 선택할 수 있는 여건이 마련된 것이 아니다. 학교에서도 아이들의 특성과 적성과의 관계를 설정하여 진학을 결정하지 않는다. 어떤 학문이든 적성과 성격에 상관없이 오로지 대학을 들어가는 것이 목적이다. 말하자면 목적과 수단이 전도된 셈이다.

❸

대학을 졸업하면 자신의 전공과 상관없이 업무의 배치를 받고 일을 시작한다. 때로는 전공과 다른 자신의 적성에 맞는 직장을 선택한 결과가 자신의 전공이 가미되어 능력을 발휘하는 경우도 있다.

❹

자신이 하고 싶어 하는 일을 선택하고, 그 일을 직업으로 선택하는 사람이 가장 행복한 사람이다. 왜냐하면 어려운 일이라도 그 일에는 자신의 흥미가 있기 때문에 즐겁고 일의 능률도 오르기 때문이다.

❺

오늘 출근할 수 있는 직장이 있고 직업을 선택할 수 있는 권한이 있다는 것은 행복한 일이다. 돈을 번다는 이유보다도, 오늘 직업이 있다는 이유가 우리 자신을 행복하게 한다. 특히 경기가 어려울 때에는 내가 출근하여 일을 하고 돈을 벌 수 있다는 것보다 행복한 일은 없다.

❻

용케 지금까지 직업을 가지고 살아왔다는 것이 기적이다. 뚜렷한 실력도 없이, 전공도 없이 시험을 치고 합격을 하면 누구나 길이 열려 있는 것이 우리의 관료 제도이다. 과거제는 우리나라가 가진 고유의 관료로의 진출 문화이며, 말 그대로 공정한 게임이다.

옛 시대의 과거제도는 오늘날의 고시제도로 터를 다져 왔다. 어쩌면 가난한 가정에 태어난 아이가 공부를 통하여 상류 사회로 진출할 수 있는 기회

는 바로 이때뿐이 아닐까? 고시제의 문제점이 있다 하더라도, 권력의 힘에 휘둘리는 엽관제보다는 훨씬 공정한 게임이라는 것을 변론하는 것은 어렵지 않다.

과거에 합격한다는 것은 보잘 것 없는 가정에서 태어났다 하더라도 떳떳하게 사회로 진출할 수 있는 희망이 된다. 가난한 가정에 태어났다 하더라도 계급과 직책이 올라가면서 상류사회로 진입할 수 있는 기회가 부여되기 때문이다.

7

자신의 적성이 무엇인지 선택하라. 그리고 살펴보라. 한번 발을 디딘 직업과 직장이 평생 자신의 것이 되리니. 기업에서 배운 일을 퇴직한 이후에도 또 계속해서 꾸려나간다고 생각해 보라. 왜냐하면 새로운 일은 또 다시 접근하기 어렵기 때문이다. 대부분 그렇게 인생을 보낸다.

더 많은 돈을 벌기 위해서는 처음 자신이 발을 들여 놓은 일의 부가가치가 높아야 한다. 그래서 부모들이 자식들에게 조금이라도 더 공부를 시키려고 노력하는 것이다.

그 무엇보다도 가장 중요한 것은 자신이 선택한 일이 재미가 있어야 한다는 점이다. 자신의 적성에 맞고 적정히 할 수 있는 일이어야 한다. 이런 류의 직업을 가진 사람은 행복하다.

환영합니다

직장

❶

직장은 내 삶의 터전이며, 내가 살아가는 삶의 바탕이다. 영원히 안주되는 직장은 없지만, 현재 있는 곳에서 최선을 다하다가 보면 더 나은 직장이 열리기 마련이다.

취업을 하고 처음 직장보다 더 나은 직장으로 옮기려고 할 때도 첫 번째 발을 들여놓은 직장과 별반 차이가 없다. 더 나은 보수와 더 나은 근무여건, 그리고 후생복지를 얻게 되는 곳이 좋은 직장이라고 사람들은 말을 한다.

❷

조금 부족한 보수라도 근무환경과 여건이 더 좋은 곳이 나에게는 더 좋은 직장이 될 수 도 있다. 어떤 경우 보수와 근무여건 보다는 확실하게 안정된 직장을 찾는 이도 있다.

몇 달간 하고 싶지 않은 파업에 시달려 출근을 하지 못한 채 보수를 받지 못해 보라. 이런 직장에 더 다니고 싶은 생각이 있는지. 곧 바로 외친다. 나에게 일할 권리를 달라고.

조금은 부족하지만, 파업이 없으면 좋겠고, 일이 조금 많더라도 안정되게 급여가 나왔으면 좋겠다. 아내에게 떳떳하게 봉급을 가져다주고, 토요일, 일요일, 공휴일을 제대로 쉴 수 있었으면 좋겠다.

기업에서 관료를 지향한 어느 직원의 고백이다.

③

직장인으로 산다는 것은 평생 학교에 다니는 것과 같다. 아침에 통근버스를 타고 집을 나서고, 어떤 경우에는 전철을 이용하는 경우도 있다. 정해진 출근시간, 서류더미와 책 속에 파묻혀 하루를 보낸다.

④

퇴근시간, 온통 세상이 어둑어둑해졌다. 퇴근을 서두르며, 빈자리를 바라본다. 매일 학교에 다니는 것과 똑 같다. 평생 이 직장과 직업을 가지므로 행복해 했다. 그러나 어느 순간 이 자리를 비워주어야 하리라. 가장 정확한 시간, 적절한 시간, 어떻게 자리를 내려놓을까?

여기에 해답을 얻는 사람은 행복하다.

직무

❶

무엇을 하려거든 최고가 되겠다는 생각을 하라. 어떤 일을 하고, 적당한 결과만 얻으면 되겠다는 생각은 버리라. 일을 마무리했다면, 적어도 그 분야에서 최고의 전문가가 되겠다는 사실을 또 다시 확인하라.

무엇을 하든 이인자의 이름은 남아 있지 않은 법이다. 자신이 하려는 일이 무엇인지를 살펴보라. 그 분야의 최고 권위자가 될 수 있을 지 여부도 판단하라. 내가 지금 자리하고 있는 이 사회는 이것도 저것도 아닌 어설픈 결과를 요구하지 않는다. 확실한 결과에 대하여 예측하고, 그 결과물을 성과로 얻기를 원한다.

❷

아무리 어려웠더라도 그 성과물은 달콤하다. 고난과 인내의 시간이 컸던 만큼 고난의 열매는 달콤하게 여겨지고, 자신의 열매를 음미하는 것은 매우 즐거운 일이다.

❸

이왕 주어진 일, 떠밀려서 하는 것 보다는 내가 주도적으로 하는 것이 낫지 않는가? 핀잔을 듣거나, 일을 더 하라는 소리를 듣기 전에 먼저 일을 주도적으로 추진해 보라. 일의 능률도 오를 것이며, 일의 효과 또한 부여되기에 충분할 것이다.

건강

❶

내가 직장에서 마음을 놓고 열심히 일할 수 있는 건 바로 건강한 가정이 있기 때문이다. 내 사랑하는 아내와 아이들이 건강하게 커 가고 있기 때문이다.

만약 아내나 아이들이 아파서 매일 병원에 가야한다면 사무실에 나와도 하루 종일 모든 신경이 환자에게 쏠려 있을 것이다.

행복은 바로 가족들의 건강에서 출발한다. 따라서 가장은 가족들의 건강에 관심을 갖지 않으면 안 된다.

가족들의 건강 못지않게 중요한 건, 나 자신의 건강이다. 나 자신이 건강하지 않으면 가족들의 생계를 책임질 수 없고, 더 이상 사회에 기여할 수 있는 방법도 없다. 이것이 건강이다.

사무실에서 일만 하다가 보면, 어느새 몸이 약해지고 잔병치레를 자주 하게 된다. 자신의 몸은 자신이 관리해야 한다. 자신의 건강은 자신이 챙겨야 하는 것이다. 휴일이라도 푹 쉬지 않으면, 자신의 몸이 약해지고, 더 이상 건강을 기대하기 힘들게 되어, 더 이상 사회에 기여할 수 없게 된다. 건강의 중요성을 알아야 한다.

질투

❶

질투만큼 무서운 것도 별로 없다. 사촌이 땅을 사면 배 아파한다는 말도 질투를 두고 하는 말이다. 어느 것이 먼저인지는 알 수 없지만, 질투는 미움에서 유발한다.

질투는 마음을 상하게 만든다. 마음이 상하게 되면, 정신이 건강하지 못하게 되므로 결국 육체 또한 병들게 된다. 결국 질투는 죽음을 수반한다.

❷

특히 유독 질투가 강한 사람들이 있다. 이는 이웃끼리, 고향끼리, 동족끼리라고 하는 '끼리' 문화에서 출발하는 것인지 모른다.

어느 국가나 지역이나 '끼리끼리', '유유상종'이라는 말이 없을 리 없겠지만, 자신의 인간관계의 담을 친다는 것은 자신의 영역을 벗어난 사람들에게 적대적 마음을 가진다는 것을 의미한다. 이미 미움과 질투의 관계를 형성하고 있음을 나타내는 것이다.

질투는 결코 좋은 것이 아니다. 존경과 이해, 사랑으로 사는 사람은 행복하다. 그러나 질투하는 사람의 눈빛에는 이미 질투가 그 눈빛 속에서 증오와 미움으로 빛나고 있음을 보인다.

증오와 미움이 남기는 것은 파멸뿐이기 때문에 질투는 결국 파멸이 귀착지라고 할 수 있다. 즉 마음속에 질투를 품는 것은 위험하다.

③

사랑하는 사람들의 삼각관계에서 가끔 질투가 등장하는 것을 본다. 무엇이든 적정한 도를 넘어서면 미움이 되고, 그것이 커다란 아픔을 보인다는 것을 보게 된다.

적정한 질투는 보다 경쟁심의 원인이 되겠지만, 질투는 근본적으로 인간관계를 파멸로 이끄는 것이다. 마음속에 질투가 잃어나지 않도록 조심해야 한다.

④

다른 사람에게 질투를 유발시키는 것 역시 결코 좋은 일이 아니다. 직장에서 혹은 사적인 관계에서 만약 다른 사람이 나로 인하여 또 다른 사람을 질투할 이유가 생겼다면 그것은 나의 책임이 된다. 나 자신이 어딘가 오해받을 일은 하지 않았는지 눈여겨 살펴야 한다. 나로 인하여 또 한사람이 상처를 받는다면 그것은 크게 좋은 일이 아니다. 매사 행동에 신중하고 불필요한 오해를 일으키지 않도록 주의하여야 한다.

사업

❶

남자들은 세상에 태어나서 반드시 돈을 벌고 가정을 꾸리며 아이들을 양육하며 살아가게 된다. 이는 맞벌이 아내에게도 똑 같은 상황일 것이다. 남편이 되는 순간, 다니는 직장에서 어깨가 무거워지고, 가족에 대한 부양의 책임을 느끼게 된다.

직장을 다니는 사람일수록 의사결정에 더 자유로워지는, 자영업을 경영하며 살고 싶어 한다. 바로 사업가가 되는 것이다.

❷

사업가가 되면 자신의 사업의 터전을 일구고 돈을 벌어야 한다. 이때부터 어느 누구의 간섭도 없이 모든 의사결정을 자신이 하게 된다. 직원들이 들고 오는 결재 서류를 받아들고 도장을 찍거나 사인을 하며 의사결정의 기쁨을 누리지만, 반면에 매월 직원들의 월급날이 되면 밀려오는 자금 사정을 고민하게 된다. 돈이 잘 벌리질 않을 때, 사업을 어떻게 안정적으로 끌고 갈 것인가 하는 수심이 얼굴에 가득하다.

❸

성공적인 사업을 위해서는 사업을 시작하기 전에 충분한 준비를 하여야 한다. 충분히 시장조사를 하고, 시장의 동향을 살펴보아야 한다. 사업에 성공한 사람들의 이야기를 들어보라. 이구동성으로 뼈를 깍는 아픔과 노력이 필요하다는 사실을 지적한다. 적어도 자신이 벌이고자 하는 사업부문에 최고의 전문가가 되지 않으면 안 된다고 이야기한다.

4

나이가 젊을수록 새로운 사업에 뛰어들기는 쉽지만, 사회적 경험이 부족하다는 것이 그의 흠이다. 세상의 경륜과 노력이 어우러져 사업은 성공의 기미를 보인다. 그냥 되는 것이 없다는 것을 실감하게 되는 셈이다.

지혜

❶

지혜를 한마디로 정의하긴 어렵다. 지혜라는 단어의 의미가 추상하고 내포하는 의미가 더 크기 때문이다. 꼭 설명한다면 사려, 분별, 양식 또는 현명하게 적절한 선택과 결정을 내릴 수 있는 능력이 아닐까? 지혜를 단 한마디로 설명하기란 영 쉽지 않다.

❷

지혜를 설명하고 그 중요성을 강조한 책이 있다. 성경에 기록된 솔로몬의 잠언이다. 잠언은 끊임없이 지혜를 설명하고 사람에게 지혜의 중요성을 깨우친다. 사람에게 반드시 돈이나 학식보다도 지혜와 지식을 가지라고 명령한다.

"지혜가 길거리에서 부르며 광장에서 소리를 높이며, 시끄러운 길목에서 소리를 지르며 성문 어귀와 성중에서 그 소리를 발하여 이르되 너희 어리석은 자들은 어리석음을 좋아하며 거만한 자들은 거만을 기뻐하며 미련한 자들은 지식을 미워하니 어느 때까지 하겠느냐"(잠언 1:20~32)

성경속의 잠언은 끊임없이 지혜를 얻을 것을 권고한다. 아마 이 잠언을 다 실천한다면 아마 그는 시대의 현자로서 손색이 없을 것이다. 지혜를 얻게 될 테니까.

❸

지혜는 오늘 현재의 문제를 고민하고, 현실에 대한 대답을 한다. 경건하

고도 거룩한 삶과 악의 유혹에 빠지지 않을 것을 권고한다. 선과 악의 싸움에서 항상 선이 악을 이긴다는 것을 가르친다. 결국 선한 삶을 살기를 바라는 것이다.

④

지혜를 얻은 사람은 경망스럽지 않을 뿐만 아니라, 어수룩하지도 않다. 사람들의 이야기를 경청할 줄 알고, 자신이 해야 할 이야기를 충분히 깨닫는다. 자신이 서야 할 위치를 알고, 자신이 내려서야할 때를 안다. 인생이 다 그렇듯이 지혜 있는 사람은 자신이 어떤 삶을 살아야 할지를 알고, 남들에게 어떤 영향을 끼치게 될지도 알게 된다.

자신에게 주어진 생을 잘 활용하고, 올바르고 굳세며, 진실과 함께 살아가는 이런 사람이 지혜를 가진 사람의 삶이다. 말로 사람을 호리는 것이 아니라, 현인들과 지속적인 관계를 유지하며, 바른 삶을 사는 사람이다. 지혜

는 자신의 인생의 가치관을 뚜렷하게 하고, 삶의 진정한 이유를 설명하게 한다.

❺

지혜로운 사람은 부모의 말을 청종하며, 부모의 이야기에 귀를 기울인다. 왜냐하면 부모의 말에 진리와 길이 있음을 알기 때문이다. 부모는 자녀를 바른 길로 인도하며, 자녀의 미래가 축복 가운데 있기를 바란다.

생존을 위해서 자식을 파는 부모들이 없는 것은 아니다. 삶의 지혜를 잃어버린 부모에게서 자라난 아이는 불행하다. 부모의 따뜻한 사랑과 부모의 지혜 가운데서 자라나지 못한 아이는 많은 변화를 겪는다. 왜냐하면 삶의 지혜를 자기 스스로 깨달아야 하니까.

아이들은 부모의 지혜의 가르침을 벗어나려고 한다. 부모의 교훈은 무조건 잔소리로 받아들이려는 경향이 있다. 그러나 세월이 지나고 난 다음에야 부모의 교훈이 올바른 길이었음을 깨닫고 통곡의 소리를 낼 뿐이다. 부모의 지혜를 다 받아들였다면 더욱 아름답고도 절제된 삶을 살았을 것을.

❻

삶의 지혜를 배우라. 삶은 항상 우리에게 우리의 행위에 따라 응답한다. 우리가 걸어간 길에는 우리의 자취가 남는 법이고, 설령 무명의 이름으로 세상을 살다가 사라진다고 하더라도 그 자취는 우리가 걸어간 길을 설명하는 법이다.

당신의 이야기에 귀 기울이게 하는 방법은 간단하다. 지혜 있는 자가 되는 것이다. 지혜는 끊임없는 자기 고민과 자기 성찰에서 얻어진다. 그냥 이루어지는 것은 없다. 독서를 하라. 독서는 마음의 양식이 될 뿐만 아니라, 필요한 지식을 쌓아도 준다. 지혜가 책 속에 있다.

성공

❶

성공한다는 것은 무엇을 의미하는가? 잘 산다는 것을 의미하는가? 명예를 말하는가? 지위를 말하는가? 아님 돈이 많다는 것을 의미하는가? 윤기나는 차를 타고 거리를 활보하는 그런 멋을 낼 수 있음을 말하는가? 성공이란 말은 참으로 알 수 없다. 무엇이 성공인지.....

사람들 모두가 성공을 찾아가고, 서점에는 성공적인 삶을 가르치는 책들이 즐비하다. 모두가 성공을 이야기하고 모두가 성공을 노래한다.

❷

끼니조차 굶으면서 오랫동안 주경야독을 일삼았다. 드디어 시험에 합격하고 새로운 삶을 시작했다. 많은 사람들이 성공이라는 이름으로 축하를 해주고 옆에는 화환이 쌓인다. 이런 모습이 성공 아닌가?

❸

일어나면 앞에는 서류더미가 가득하고 아무리 쳐다보아도 이 서류에서 해방될 기미가 보이지 않는다. 아침부터 저녁까지 힘들게 하루의 기지개를 펴 보지만 내가 처리해야 할 서류는 줄어들지 않는다.

누군가의 인생이 이 서류더미에 의하여 변화를 일으켜야 할는지 모르는데 나는 지금 그런 사실에는 관심이 없다. 어떻게 하면 이 일을 헤쳐 나갈 것인가? 서류더미의 건수를 줄이고 빨리 헤어나고 싶은 충동만이 가득할 뿐이다.

④

퇴근길이 되면 젊은 직원들의 옆에는 예쁜 아내가 될 사람의 손길이 아른거린다. 그렇지만 내가 가야할 집은 어디에도 없고, 겨우 여덟 평짜리 하숙집에 몸을 누인다.

인연과 사랑이라는 이름을 그리워하지만, 내게는 그저 꿈같을 뿐이다. 아침 조간신문에는 내 월급의 수십 배가 되는 금액이 하루에도 아파트값으로 올랐다고 연일 보도된다. 피워 무는 담배 연기에는 헤어지며 '나를 먹여 살릴 돈은 있어?'라고 질문하던 옛 연인의 모습이 눈에 선하다.

저녁 소주자리에도 폭탄주 파티가 이어지고, 내 주머니에는 겨우 달랑거리는 동전 몇 개가 나를 반가이 맞는다. 취중에도 지지 않으려고 가슴을 달래며, 호기를 부려본다.

'내가 한번 사지!'

나는 과연 성공한 인생인가?

⑤

미래는 나의 손에 있다. 정성껏 서류를 정리하고, 보고해야 할 일들을 깔끔하게 마감한다. 술자리는 가능하면 피한다. 오늘 저녁엔 무슨 핑계를 대고든 영어 학원을 등록해야 하겠다.

보이는 건 젊은 아이들뿐이지만, 나에게 결혼이란 조금 늦어도 될 듯 싶다. 지금 하지 않으면 다시는 배움의 기회가 더하지 않으리라고 느끼기 때문이다. 대학 캠퍼스에 가 본지 오래 되었기 때문에, 잠시라도 대학의 분위기를 느낄 수 있을 때, 가 보아야 하겠다고 다짐한다.

배움을 얻고자 하지만, 사무실을 나서는 길에 핀잔을 주던 상사를 생각하며 전철 안에서 고개를 떨군다. 눈물이 뺨을 타고 내린다. 내가 상사가 되면 직원들에게 절대로 스트레스를 주지 말아야지.

지하철에는 여유로운 연인들의 잔치가 이어지고, 유학을 가야겠다는 재잘거리는 소리가 끊임없이 들린다. 나는 지금 유학은 커녕, 지금 다니는 학교의 학비가 모자라 어떻게 융자를 받을까 고민이 많은데, 바깥에는 비마저 부슬부슬 내린다. 조금만 봉급을 올려주면 좋으련만……

그새 성인이 되었다. 나를 찾는 사람들의 손길은 여전히 바쁘다. 왜냐하면 나의 의견과 손길을 기다리기 때문이다. 이미 여유를 얻은 덕분에 집도 생겼고, 아이들도 생겼다. 오늘 일하는 것은 가족의 생존을 위해서이다.

가족들이 건강하고 행복하게 살 수 있도록 오늘을 일한다. 새벽이슬을 맞으며 집을 나왔다가 별을 헤면서야 무거운 몸을 누인다.

때로 파란 하늘을 쳐다보며 도롱이를 쓰고 다니는 유유자적한 기인은 도를 닦은 것이 아닌가? 그의 삶은 성공이라고 말할 수 있지 않은가?

나에게 성공이란 무엇인가? 아늑한 여생을 보내는 하루하루의 생은 아닌가? 가만히 눈감고 생각해 볼 일이다.

감사

❶

감사를 할 줄 아는 사람은 성공한 인생을 소유한 사람이다. 한 사람을 만나고 헤어지는 매 순간이 감사할 수 있는 인연으로 이루어진다는 사실을 아는 사람은 결코 실패하지 않는다.

모든 일을 살펴보면 그것은 사람과의 인간관계이다. 인간관계는 사람에 의해서 만남과 헤어짐 두 가지로 이루어진다. 만나는 과정에서 헤어지는 과정에서 두 가지 모두 감사하는 마음을 가질 수 있다면 그는 모든 것을 이룰 수 있다.

아무리 불편한 인간관계라 해도 그 불편한 인간관계를 성공적인 인간관계로 만들 수 있다면, 이는 정말 성공한 사람이다.

원수는 외나무다리에서 만난다는 말이 있다. 나쁜 일로 만난 사람을 또 만난다는 말이다. 이 말은 다른 말로도 해석이 된다. 좋은 일로 만났던 사람을 또 만나지 말라는 법이 없다. 좋은 인상을 받은 사람이 더 좋은 일로 혹은 위기 상황에서 구원투수가 되지 말라는 법이 없다.

사람의 인간관계에서 감사는 중요한 역할을 한다. 상사라고 군림할 일만은 아니다. 윗사람은 아랫사람의 도움을 받지 않고 일을 성취할 수는 없다. 아랫사람 역시 훌륭한 상사를 만나는 것은 자신의 미래에 도움이 된다. 직원이 일 처리를 잘 끝냈을 때, 당연하다고만 생각하는 상사는 미래가 보이지 않는다. 남다르게 고생하고 고민한 것에 대하여 직원에게 감사할 줄 안

다면, 그 상사는 더 큰일을 맡을 수 있는 인격이 보이는 것이다.

누구든 오늘 이 시간 현재만 보고 사람을 만나지 않는다. 앞으로 미래를 예측하고 그와 인간관계를 계속해 가기를 바란다. 이때 누구가 됐든 인간관계의 만남은 감사로 이루어진다. 만남에서 감사를 느낀다면 그 만남은 지속될 것이며, 더 나은 일로 결실을 맺을 수도 있다.

③

감사의 표시는 언어의 표현으로 충분한 경우가 대부분이지만, 어떤 경우에는 커피 한잔이나 한 끼의 식사를 수반하여야 하는 때도 있다. 또한 어떤 때는 감사의 표시로 크지 않은 작은 선물을 수반하여야 하는 경우도 있다. 이 경우 반드시 빠지지 말아야 할 필요불가결한 요소가 있다. 그것은 바로 마음이라는 정표이다.

선물이 커지는 경우, 감사의 정성으로 받기보다는 오히려 부담스러움을 느끼게 된다. 고마운 마음으로 내심에서 우러나는 정성이 아니라는 것을 곧 알게 된다. 이 경우 인간관계가 깨어지기 십상이다.

감사의 말 한마디가 커다란 선물보다도 더 큰 작용을 하는 경우가 있다. 상대방은 말 한마디에 거기 진실한 선물이 들어있는지를 알게 되는 것이다.

감사의 마음은 보는 이에게 감동을 주며, 듣는 이에게 편안함을 준다. 감사하는 사람의 마음은 겸양의 미덕을 보이며, 상대방을 당혹스럽게 하지 않는다. 이는 사려를 분별할 수 있는 마음을 갖고 있어야 한다는 말이다.

④

성경에서 가르치는 감사의 조건은 항상 좋은 때만은 아니다. 어렵고 힘들 때도 감사를 실천하라고 가르친다. 이는 일리 있는 말이다. 조금 힘들고 어

렵다고 힘들어, 안 돼, 큰일 났어, 이런 말만 뇌까리고 있으면 일이 잘될 리 없다.

어렵더라도 현재 편안하다는 것을 기뻐하며, 즐거움을 가지고 일할 때 능률이 오르는 법이다. 조금만 돌아보면 내가 감사하고 만족할 수 있는 조건은 얼마든지 있다. 감사는 긍정적인 생각이 선행되어짐을 의미한다. 긍정적인 생각은 고난과 역경도 즐거움으로 바꿀 수 있는 힘이 있다.

이때는 인간관계에서 오는 감사가 아니라, 바로 나 자신에 대한 만족이며, 긍정적인 생활의 변화를 의미한다.

5

감사는 생활이 되어야 한다.

항상 자신을 돌아보고 현재까지 오게 된 것과 더 나은 미래를 예견할 수 있음을 나타내는 표징이다. 감사는 평안과 만족의 즐거움을 찾을 수 있게 하는 길이며, 풍요로움을 기대할 수 있는 생활의 조건이 된다. 이것이 행복한 마음과 행복한 인생을 예견하는 길임을 깨달아야 한다.

습관

❶

‘세 살적 버릇이 여든까지 간다.’는 말이 있다. 그만큼 올바른 습관의 중요성을 강조한 말이다. 좋은 습관을 가진다는 것은 쉽지 않다. 반면에 나쁜 습관은 쉽게 찾아온다.

어릴 적에 듣던 ‘새나라의 어린이’라는 노래는 아이들에게 좋은 습관을 가르치는 좋은 방법이기도 했다. 노래를 통해서 아이들을 바른 습관으로 이끌어가는 방법이기도 했다.

좋은 습관은 책을 읽는다든지, 일찍 일어나 운동을 간다든지, 바른 자세로 앉는다든지, 하루하루 일기를 쓴다든지, 하루 한 번씩 선한 일을 베푼다든지, 혹은 웃음으로 하루를 시작한다든지, 그 방법론으로 치면 여러 가지 방안을 제시할 수 있다.

좋은 습관은 자신을 발전시키는 것이며, 자신을 더 나은 모습으로 가꾸어 가는 것을 의미한다. 매일매일 자신을 성찰하고, 미래를 더 훌륭한 인격으로 만들어가는 것을 말한다.

좋은 습관은 자기 노력과 건전한 정신, 그리고 자신의 생애를 가꾸어가고자 하는 실천이다. 좋은 습관은 이상스럽게도 자신에게 이로움에도 불구하고 지키기 싫어하게 되고, 자신을 더 낫게 만드는 일임에도 불구하고 실천하기가 매우 어렵다.

그럼에도 자신을 부끄럽게 만드는 나쁜 습관은 갖지 않으려 해도 이상하게 만들어지고, 부단히 노력을 해도 이 습관은 쉽게 고쳐지지 않는다. 다른 사람을 험담하거나, 쉽게 흥분하는 일, 쉽게 유혹에 빠지거나, 귀가 여려 남의 이야기를 잘 듣는 일, 오락 게임에 필요 이상으로 시간을 빼앗기는 일 등등, 나쁜 습관들은 버려야 한다.

나쁜 습관을 버리고 좋은 습관을 갖는다는 것은 나 자신이 더 나은 자질의 사람으로 변화되어 감을 의미한다. 좋은 습관을 가꾸어 가는 것은 성공적인 미래를 보장받기 위한 노력이다.

③

자신을 가꾸며 사랑한다는 것은 좋은 습관을 많이 갖는다는 것을 의미한다. 좋은 습관을 갖기 위한 구체적인 행동들을 써 보자. 이것이 당신을 긍정적으로 혹은 부지런함으로 변화시키게 되리라.

하루 한 시간 일찍 일어나기
일찍 일어난 시간만큼 운동하기
하루 한 구절씩 명언을 암기하기
혹은 하루 한 단어씩 영어 단어 외우기

하루 한 가지 씩 남을 칭찬하기
하루 한 가지 씩 선한 일을 하기
하루 한 가지 씩 좋은 말을 하기
혹은 아내에게 사랑스런 말을 하기

우리에게 돈이 들지 않고도 실천할 수 있는 좋은 습관이 많이 있다.

이것이 궁극적으로 우리를 바람직한 인간상으로 변화시키게 된다. 또한 성공적인 인생을 살게 한다.

친구

❶

어느 노 철학자는 세 가지 욕망을 이야기 하면서 아무리 대화를 해도 싫증이 나지 않는 친구를 갖고 싶다고 이야기 했다. 나 역시 이런 친구를 갖고 싶다.

❷

친구란 항상 있기 마련이고, 멀지 않은 거리에서 나타나기 마련이다. 그러나 일생을 함께 나누는 싫증나지 않는 친구를 배우자 이상으로 가지기란 어렵다.

친구의 관계는 '기브 앤 테이크'의 관계이고, 이보다 더 큰 우정을 가진 친구를 갖는다는 것은 축복이다. 일생 동안 그런 친구를 한 사람이라도 가진 사람은 복된 사람이다.

❸

우정을 얻으려거든 받으려고 할 것이 아니라 나누어 주려고 하라. 모든 것을 베풂으로써 우정도 돈독해 질 것이다. 이런 우정을 이해할 수 있는 배우자 또한 많지 않다는 것도 명심하라.

❹

친구가 있다는 것은 좋은 일이다. 그러나 부담이 되는 친구라면 친구로서

의 관계를 지속할 것인지 여부를 고민하여야 한다. 친구를 만남으로써 더 행복한 것인지 또한 생각해 보아야 한다. 아무리 어린 시절을 함께 보낸 친구라고 해도 밤늦게 술좌석을 불러내어서 하소연만 하는 친구라면, 친구로서의 관계를 지속할 것인지 여부를 신중히 고민해 보아야 한다.

⑤

친구로서의 질문은 얼마나 우정이 돈독한 것인가 하는 것이고, 얼마나 관계가 진솔한가 하는 물음에 있다. 서로 덕이 되지 못하는 친구는 때때로 없느니만 못하다. 그만큼 친구로서의 우정 이전에 서로에게 덕이 되는가를 판단해 보아야 한다.

⑥

짧은 에피소드나 우화에서 친구의 우정을 확인하고 왕이 목숨을 살려준다는 하는 이야기가 있다. 과연 이런 친구가 몇 명이 될까? 이런 우정을 가진 친구가 있다는 것은 행복이다.

대화

❶

대화를 하는 조건에는 네 가지가 있다. 먼저는 내가 말을 많이 하게 되는 경우, 둘째는 서로 말을 많이 하지만, 상대편이 나 보다 말을 항상 많이 하는 경우, 셋째는 무조건적으로 내가 말을 많이 하는 나 자신이 능동형이 되는 경우, 마지막 넷째로는 무조건적으로 상대방이 말을 많이 하고, 나는 수동형이 되는 경우이다.

대화는 전화를 통하여 대화를 요청하게 되는 경우를 보아서도 비교가 된다. 내가 주로 전화를 거는 경우, 상대편이 주로 전화를 거는 경우, 일방적으로 전화를 걸어야 하는 입장인 경우, 나는 전화를 받기 싫은 데 상대편이 계속 전화를 걸어오는 경우. 모든 인간관계가 이 네 가지 상황으로 정리가 된다.

아마 서로 사랑한다면 자주 전화를 하거나 대화를 하게 될 것이요, 일방적으로 사랑한다면 전화를 자주 거는 입장이 될 것이다. 대화는 깊은 전심을 전달하는 중요한 통로가 된다.

❷

대화의 상대는 친구일 수도 있고, 사랑하는 사람일 수도 있고, 거래처일 수 있고, 직장 동료나 상사일 수 있다. 때로는 가족일 수 있고, 전혀 모르는 사람일 수 있다.

대화는 상대방을 이해하는 계기가 되고, 나를 알려주는 방법이 되기도 한다. 대화를 하지 않으면 나를 알릴 수가 없고, 상대방을 이해할 수도 없다.

오직 대화만이 그 사람의 깊은 심성을 이해할 수 있는 기회가 되는 것이다.

③

말을 잘 한다는 것은 말이 많다는 말이 아니다. 상황에 따른 적절한 이야기를 쏟아낼 수 있고, 상대방을 설득할 능력을 갖추고 있다는 말이다.

대화중에 나타나는 상대방의 말과 행동과 언어는 자연스럽게 그 사람의 심성을 드러내기 때문이다. 올바른 심성을 가졌다면 바른 말과 좋은 행동을 갖추기 마련이다0

제3부
행복한 가정

가정

❶

행복은 가정에서 시작된다.

힘들게 오늘을 일하기 위하여 출발하는 곳도 가정이고, 어둑한 일터를 지나 몸을 누이러 찾아가는 곳, 또한 가정이기 때문이다.

가정은 바로 오늘의 쉼터이며, 내가 마지막으로 몸을 누일 곳이기도 하다. 아이들의 손길과 따뜻한 아내의 숨소리가 들리는 곳, 화초가 진한 향내를 뿜으며, 나의 얼굴을 바라며 기다리는 곳, 바로 가정이다.

행복은 가정에서 출발한다. 아침 일찍 직장으로 출발할 수 있는 것은 아내가 가정을 튼튼히 지켜주고 있기 때문이며, 아이들이 있는 가정이 있기 때문에 열심히 일하게 되는 것이다.

때때로 가족을 먹여 살려야 한다는 책임감이 어깨를 짓누를 때도 있지만, 가정이 있기 때문에 안식을 누리며, 새로운 희망을 얻게 된다.

가정은 가족 간의 사랑에서 출발하고, 부모의 애정과 기쁨 속에서 자녀들이 성장한다. 사랑이 넘치는 가정에서 자라는 아이들이 사회적 일탈을 일으킬 수는 없다.

❸

이혼의 아픔을 겪은 아이들의 눈빛에는 엄마의 사랑을 찾는 애틋한 모습이 숨어있다.

엄마의 사랑을 찾는 아이들의 모습은 보는 이로 하여금 가슴이 찢어지게 한다. 사랑이 넘치는 가정이야말로 아이들을 건전하게 자라게 하며 밝고 희망찬 미래를 제공하게 한다.

경제적 여유가 아이들의 풍요를 가르치는 것처럼, 가정은 이 세상의 그 무엇보다도 포근한 일상의 안식처가 된다.

부모가 평안한 가정만큼 아이들이 행복을 느끼는 곳은 없다. 그래서 가정이 가진 문화는 더욱 중요하다.

④

가정은 사회를 이끌어가는 원동력이다.

어려운 경제난으로 일가족이 자살한 이야기를 들으면 가슴이 아프다. 얼마나 어려웠을까? 한 가족 모두가 이 세상을 이별한 것은 그만큼 서로 가족 간에 사랑과 애정이 가득한 이유가 있기 때문이었으리라. 그러나 무엇이 이들을 죽음으로부터 헤어나지 못하게 했을까?

⑤

건강한 가정은 튼튼하다. 어려움과 난관을 극복하고 헤쳐나갈 수 있는 힘이 있다. 믿음과 신뢰가 뒷받침되어 있다. 경제적 난관이 올수록 힘을 합치고 근검절약하며, 가족들의 안녕을 생각하며 강하게 일에 진력한다.

⑥

건강한 가정이 있는 사람은 직장에서도 힘을 얻고 용기를 얻는다. 힘이 넘치고, 얼굴에 활력이 찬다. 그래서 그 사람의 얼굴빛만 보아도 얼마나 건강한 가정을 꾸리고 살아갈 수 있는지 알 수 있게 된다.

그래서 더욱 어려운 법이다. 내 아내와 내 아이들과 다투지 않으며 하루를 보내는 것도 내 아내가 날 사랑하기 때문이며, 내 아내가 아이들을 잘 돌보기 때문이다.

사십 중반이 넘어서야 이런 사실을 깨닫게 된다. 지금까지 행복한 것은 내 아내가 가정을 지켜온 사랑이 있기 때문이며, 내 아이들이라는 사실을 깨닫는 것도 기력이 쇠하여진 이후이다. 부끄럽게도 이것을 깨닫는 때는 이미 오랜 부끄러움의 때가 지난 이후이다.

가족

❶

가족은 생명의 원천이며 사랑이다. 아침 일터를 나서는 가장은 가족들의 건강과 안녕을 기원하며 하루를 나선다. 가족이 없다면 의지할 품이 없고, 기댈 사람도 없다.

❷

가족은 가장 어려운 환경을 헤쳐 나갈 희망이며 빛이며 힘이다. 가족의 힘은 부자들보다 가난한 이들에게 더욱 더 그 끈끈하게 모습으로 다가온다.

부자 집안의 자녀들이 상속재산의 분배 때문에 다투고 싸우는 모습을 얼마든지 본다. 그래서 돈이 행복의 전부가 아니라는 말을 한다.

❸

가족의 의미는 사랑이다. 사랑으로 뭉쳐진 가족은 끈끈한 정이 있다. 그러나 부를 획득할 능력을 갖지 못하면 항상 불협화음에 휩싸이는 것도 가족이다. 그래서 지혜가 필요하다.

❹

가족은 사랑으로 뭉쳐져야 한다. 함께 일어서고 함께 일어나야 한다. 악착같이 돈을 벌어야 하는 경우도 있지만, 열심히 협력하여 일하는 가족의 모습은 아름답다. 사랑이 넘치는 가족은 보는 이로 행복을 느끼게 한다. 가족은 오늘을 일어서게 하는 힘과 희망이다.

⑤

깊은 가족애를 보게 하는 것은 돈 많은 부자들의 가정이 아니다. 병들어 생활이 어렵고 가난한 가족들에게서 유난히 끈끈한 가족애를 유지하는 것을 보게 된다. 감동을 일으키는 것도 이런 어려움이 있는 가난한 가족들이 살아가는 삶의 방식과 생존의 이야기 속에서이다.

행복은 가족 공동체에서 얻어지는 기쁨이라는 것을 가난한 가정에서 찾게 되는 것은 참으로 아이러니하다.

⑥

일터에서 돈을 버는 것, 하루하루 나가서 일을 하는 것, 이 모두가 가족을 먹여 살리기 위해서이다. 직업의 목표가 자아실현이라는 말이 있지만, 보이는 것은 가족에 대한 사랑과 애틋한 정이다. 그래서 이른 아침 기쁘게 일터로 향하는 것이다.

⑦

가족에게서 얻어지는 희망의 메시지는 행복을 노래하게 한다. 아침 유난히 매서운 추위가 느껴지는 시간, 특히 가족의 소중한 품이 포근하게 다가온다.

결혼

❶

결혼을 하는 것이 나을까? 결혼을 하지 않는 것이 나을까? 아무리 곰곰이 생각해 보아도 답이 나오지 않는다. 프로스트의 '가지 않은 길'이란 시 속의 '숲속에 난 두 갈래 길'처럼 선택하지 않은 삶이 올바른 것이었는지 모른다는 생각을 하게 한다.

성경은 바울이 쓴 편지에서 결혼을 하든 하지 않든 각자에게 주어진 하나님의 뜻이 있는 것이라고 이야기 한다. 하나님의 뜻에 따라 결혼을 하지 않고 혼자 살 수 있다고 이야기했으니, 결혼을 하든 하지 않든 그건 하나님의 뜻이라고 밖에 이야기할 수가 없다.

결혼을 선택하는 것이 좋을 수도 있고, 그렇지 못할 수도 있으니, 모든 걸 하나님의 뜻이라고 치부하는 것도 잘못이니, 결론은 본인의 의지와 상관된 일임에는 틀림이 없다.

결혼을 선택하는 것도 본인의 일이요, 결혼을 하지 않는 것도 본인의 일이니 어느 것이 옳다고 딱히 이야기하는 것도 웃기는 일이다.

어떤 이유이든 결혼을 선택하는 순간 실수라고 여겨지는 일이 있을 것이고, 너무나 행복한 결혼이라고 기뻐하는 일이 있을 수 있다.

④

어떤 이들은 신혼여행에서 돌아오자마자 헤어지고 말았다는 이야기를 한다. 너무 결혼을 쉽게 생각한 탓이고, 신중하게 생각하지 않은 탓이다. 사랑과 애정이 전부라고 생각했지만, 사랑과 애정이 충만하지 않은 탓도 있다. 사랑은 모든 것을 감싸 안거나 덮을 수 있을 텐데, 결국 애정이 부족한 탓이라고 말할 수 있다.

결혼은 당사자만의 만남이 아니다. 결혼은 양 가정의 결합이고 양 가정의 문화의 결합이기도 하다. 전혀 모르는 새로운 사람이 만나 가정을 이루고, 서로가 융합해 가는 아름다움이기도 하다.

⑤

가장 행복해 보이는 부부라고 하더라도 부부 싸움을 전혀 한 번도 해보지 않았다고 하는 사람은 극히 드물다. 그래서 행복한 사람들을 만나면 부러움이 앞선다. 사랑과 애정으로 충만한 모습이 보이기 때문이다. 부부 간의 문화와 차이를 극복하고 사랑의 가정을 꾸려 나가는 모습이 아름답게 느껴지기 때문이다.

⑥

사랑이 아름다우려면 이별의 이야기가 있어야 하겠지만, 사랑이 행복으로 이어지려면 결혼과 동시에 가정을 꾸림으로써 완성이 가능하다. 남녀 간의 사랑은 가정을 이룸으로써 그 의미를 재확인하게 되는 것이다. 그러

나 사랑한다고 모두가 가정을 이루거나 이룰 수 있는 것도 아니다.

사랑은 운명이라고 한다. 더 나아가 결혼한 배우자를 만나는 것도 운명이라고 말한다. 사랑하는 사람이 있지만, 가정과 환경 등 여러 가지 이유에서 결혼으로 이어지기 힘든 경우가 있다. 차츰 현실에 눈을 뜨면서 여러 가지 조건을 계산하게 된다. 좋아 하기는 하지만 결혼까지 생각하지 못하는 경우도 있다. 어려움을 극복하고 결혼까지 생각하지 않는다면, 사랑하지 않았다는 이야기가 될 수도 있다.

사랑으로 사람을 만나 서로 존경하는 마음으로 살아가는 부부를 만나면 너무 행복해 보인다. 아직까지 애정이 식지 않은 모습을 볼 때마다 행복이 거기 있음을 느낄 수 있다. 나이를 먹어도 함께 있음으로 행복해 하는 부부를 만날 때마다, 사랑과 애정이 거기 있음을 발견하게 된다. 부부는 행복해야 한다는 사실 또한 깨닫게 된다.

여러분이 현재 부부라면, 난관을 극복할 지혜를 모아야 한다. 결혼의 행복은 학력과 미모에서 오는 것이 아니다. 오 헨리의 단편 크리스마스 선물처럼 행복은 가정에서 출발하는 것이며, 이해와 사랑에서 오는 것이다.

윤택한 생활을 누리거나 많이 공부한 고학력의 여성이 행복한 결혼 생활을 잃어버리는 것을 종종 보았다. 남편의 사업이 망하여 이혼으로 갈 수밖에 없던 수많은 사람을 보았다.

또한 남편의 사업이 망하여 채무관계로 이혼은 하였지만, 그런 남편을 잊지 않고 끝까지 남편을 지키는 아내를 보았다. 미모에 비하여 가난한 집에 살아도, 남편의 사업이 망하여 어렵게 되어도, 끝까지 남편을 신뢰하며 사는 아내를 보았다.

⑧

결혼은 만남이다. 가장 중요한 것은 결혼하는 당사자 두 사람의 이해이다. 양쪽 가정의 문화를 받아들일 준비가 되지 못하였다면, 아직 결혼은 섣부른 것이 될 수도 있다. 만남은 신중하여야 한다. 이성의 교제가 서로에 대한 탐색기라면, 결혼은 가정을 꾸림으로써 완성이 된다.

남편이 아내를 이해하고, 아내가 남편을 신뢰하지 못한다면, 그 가정은 깨어질 수밖에 없다.

아내여! 남편을 신뢰하라. 남편이여! 아내를 사랑하라. 사랑은 모든 허물을 덮는다고 했다. 사랑은 모든 것의 완성이다. 가정은 오늘 당신의 몸을 완전하게 누일 사랑의 품이다.

행복한 가정을 만들고, 행복한 결혼 생활을 영위하기 위해서 반드시 필요한 말이 있다. 용서와 이해와 사랑이다. 그 말은 쉽지만 실천이 어렵기는 마찬가지다. 사랑이 가정에 버팀목이 된다는 사실을 결혼하는 연인들은 알아야 한다.

부모

❶

집안 어른이 돌아가셨다는 소식, 바쁜 일정을 뒤로 하고 부산까지 문상을 하지 않을 수 없었다. 친구들의 부모님의 부고 소식도 들려온다. 요즘 갑자기 날씨 일교차가 깊어지는 탓이리라. 날씨가 추워지면 아버지 어머니의 소식도 궁금해지고, 그냥 무작정 길을 나서서 아버지 어머니의 품으로 달려가고 싶다.

❷

고향 안동을 들러 여든이 가까워 오는 아버지를 찾아뵈었다. 셋째 동생과 함께. 해가 갈수록 얼굴의 윤기가 적어지는 모습을 발견할 때마다 얼굴을 들 수 없는 고개가 또 한 차례 숙여진다.

❸

너무 일이 바빠 절대로 본부 근무는 하지 않겠다고, 속으로 다짐을 하곤 했건만. 또 본부 근무이다. 승진이 무슨 의미가 있으랴? 몇 년 후에 승진을 해서 또 다른 영전의 꿈을 꾼들, 부모님은 항상 곁에 계시지 않는데. 사무실 탓만 할 수도 없고. 내내 고민이다.

나는 어디 있어야 하는 걸까? 직장이 없는 사람들은 배부른 탓이라 하겠지만, 못내 부모님께 미만하기만 하다. 카네이션 하나 가슴에 달아드리지 못했으니 말이다.

행복은 언제나 곁에 있다고들 하는데, 나에게 행복이란 무슨 의미일까?

다행이 아버지나 어머니, 두 분 모두 아직까지는 건강하신 탓에 마음이 놓이긴 하지만 여든을 넘어 서시니. 동생과 서울 근교에 집을 장만하고 모시자고 의견을 모았다. 무조건..... 그런데 주위 분들 모두 만류이다. 어른들은 고향을 떠나서 살수 없다시는데. 짓던 농사도 지어야 건강하다고들 하는데.

④

이 글을 쓰는 지금에도 마음이 쓰리고 눈물이 돋는다. 장남이 장남 노릇 제대로 못하고, 우리가 살기에 바쁘니. 그래도 작은 봉급이지만 어엿한 직장이 있다는 뿌듯함일까? 집에 가면 대 환영이다. 생활비도 드리지 못하고 봉투에 조금 넣어드린 용돈에 기뻐하시는 모습을 보니 내내 죄송스럽다.

치아 임플란트도 손수 농사지은 돈으로 하셨다는데, 병원을 추천해 드린다고 해도 아들에게 누가 될까, 아무 곳이나 원하시는 곳에 가 치료를 받으시는 아버지. 어머니까지 이가 좋지 않으시단다. 집을 떠나는 내내 마음이 무겁고 어둡기만 하다.

내가 과일을 좋아하는 탓에 집 주위에는 온통 과일나무들이 자라고. 토마토가 탐스럽게 아버지의 정성을 모두어 익어가는 여름이다. 아침이면 안개 자욱한 밭에 산림용 오토바이를 타고 달리시는 아버지의 모습이 눈에 또 선

하기만 하다. 집을 떠날 때마다 아쉽고 죄송하기만 하다.

나는 언제쯤 철이 들어 아버지의 마음을 편안하게 해 드릴까? 아마 나는 평생 그렇게 해보지 못할 것만 같다. 그저 눈물밖에는 드릴 것이 없고, 하루 휴가를 내었다가 된통, 좋지 않은 일들만 생길 터이니, 내게 직장이란 무슨 의미일까? 모두 뿌리치고 일찍 퇴근하는 하급부서로 가고 싶은데, 그게 또 부모님을 기쁘시게 하는 일은 되지 못하려니.

집에 오면 밤 열한 시, 이번 주 내내 또 늦을 것 같다. 밀린 일들을 보며 또 죄송하고, 내일 만들어야 할 보고서들이 많은 사람들에게 편의를 주었으면 좋겠다. 그리고 아버지 어머니께, 그래도 강건하게 내가 열심히 살고 있는 모습을 보여 드릴 수 있었으면 좋겠다. 부모님께서 살아계시는 동안만이라도.

⑥

정말 가난했었는데...... 정말 어려웠었는데..... 그래도 지금은 나에게 거주할 집이 있고, 아내가 있고, 아이들이 있으니.

그렇게 어렵게 농사를 지으시면서도 끝내 자녀들에게 손 한번 벌리지 않으시는 아버지 어머니. 아직도 든든히 살아계시니 이만으로도 행복하다.

⑦

유난히 안개가 많이 낀다. 아침 열시는 되어야 안개가 걷히는데, 텃밭에는 호박을 심어서 이른 아침마다 따 내보낸다.

전원의 아름다운 풍경을 노래하지만 거기엔 농민들의 애환이 서려있다. 땅콩이 자라는 텃밭, 마당에도 땅콩을 심는다. 금방 캔 비린내 나는 땅콩이 너무 좋았다. 검정 고무신조차 제대로 신지 못했던 어린 시절, 지나보면 모

두 추억이라는데, 그래도 고향에 계시는 부모님 생각으로 가슴이 애리다.

부모님께는 장미꽃 카네이션 한 다발, 처갓집에도 커다란 꽃바구니 하나 보내 드려야겠다. 그 보다 더 명절 내려갈 때는 무엇보다 값진 선물을 지금부터 골라 보아야겠다.

고향의 언덕이 문득 문득 생각나는 날,. 그리고 풀무치가 마당을 뛰 놀고, 감나무에 감이 가득 가득 익어가는 날에는 꼭. 아버지 어머니께서 계신 고향엘 꼭 들러봐야겠다. 학교에서 돌아오는 철없는 아이처럼 '아부지', '엄마'라는 이름을 편안히 부르면서 말이다.

작고하신 한분 대통령의 생전에 친구 분과 함께 울었던 이야기가 가슴을 앤다. 굶어보지 않은 사람들이 무엇을 말할까? 시위하기에 바쁜 사람들이 시위를 할 수 있는 건, 굶어보지 않은 여유가 있기 때문일는지 모른다. 깨끗함을 부르짖는 그 사람들이 더 부끄러운 모습을 보이는 신문기사 하나에 마음이 슬퍼진다.

환경도, 노동운동도, 먹을 것이 있어야 한다는 사실. 사업장 앞에 몇 달 동안 진치고 앉아, 사업주를 괴롭히는 노동운동의 현장을 볼 때마다 눈물이 나곤 하는 이유는 무엇일까? 우리나라가 가야 될 길은 어디일까?

그래서 어른들은 전쟁을 경험하지 않은 오늘의 세대를 더 걱정한다. 굶어보지 않은 사람이 배고픔을 알며, 전쟁을 겪어 보지 않은 사람들이 전쟁의 비참함을 알까? 학생들이 시위의 반열에 서는 것을 볼 때마다, 노동운동가의 환상을 읽을 때마다, 신학을 공부한 내가 서야할 자리는 어딜까 생각을

하게 한다.

⑨

아버지 어머니, 항상 우리 자녀들은 감사하답니다. 말씀으로 드리지는 않지만 아버지 어머니의 그 말씀 잊지 않고 살아간답니다. '항상 올바르게 살아라'는 그 말씀, 좌우명처럼 여기며 살아간답니다.

⑩

호박 농사를 지으시는 텃밭, 농사를 그만 지으라고 매번 아버지께 말씀드리지만, 새벽 매일, 호박을 따내는 기쁨 때문인지, 매일 들어오는 호박을 판 대금이 좋아서인지, 아니면 어머님의 성화 때문인지, 어려운 시절을 살아오셨던 아버지의 일에 대한 믿음 때문인지, 아직도 농사를 지으신다. 그만두시래도 농삿일을 손에서 놓지 않으신다.

안개가 가득한 날, 칠면조와 오리 기러기, 닭을 풀어놓는 기쁨에 즐거워하시더니, 이젠, 힘이 드신다고 몇 마리 닭만 주위를 지키고 있다. 텃밭에는 갖은 과일들이 포도며 앵두며, 호두, 감, 토마토까지 고향을 찾은 우리를 반긴다.

⑪

옥상에서 바라보는 들판엔 안개만 가득한데..... 잠자리 떼, 안녕. 해가 떠오를 때까지만. 저 산 끝자락에도 우리 밭이 숨어 있다.

산림용 네 바퀴 오토바이가 없다면, 저기까지 어떻게 농사를 지었을까? 여든이 넘은 나이에도 농사일을 놓지 않으시는 부모님이 계시는 고향의 하늘, 바라보노라면, 마음이 포근해지는 이유는 무엇 때문일까?

효도

❶

가난한 아이들일수록 부모에 대한 효성이 지극하다. 그건 너무 피상적인 면만 보아서인가? 비교적 학력이 높은 가정인데도 부모를 내다 버린다는 슬픈 소식을 접한다. 이런 편견이 틀린 경우도 있지만, 많은 사건과 가십 기사들이 부모와 자녀의 관계와 학력 사이의 상관관계를 고민하게 한다.

❷

재산이 많은 가정일수록 부모가 죽은 후에 다툼이 일어나지 않는 경우가 거의 없다. 배 다른 아이와 부모, 후처와 자식 간의 갈등은 생전에는 보이지 않지만, 당사자가 죽고 난 이후에 심각한 후유증을 낳게 한다.

물론 세상에 보이는 건 재산권 다툼이다.

❸

피를 나눈 혈육과 그렇지 않은 양자의 관계를 설명해 보라. 재산을 많이 남긴 집안일수록 이상하게만치 이야기가 많다.

부모를 섬기는 효의 정신은 다 어디 갔는가?

❹

아이들에게 기대를 하지 않고 살아가는 것은 당연하다. 그러나 부모의 마음이 어디 그렇겠는가?

시간이 지나고 보면 피를 나눈 자식이 부모를 더 사랑하는 사실을 본다. 혈육의 정이라는 말이 있지 않는가? 속 썩이지 않고 올바르게 자라만 준다면 그보다 더 큰 행복이 있겠는가?

공부 잘하는 아이를 얻어 보아야 새로 들어온 공부 잘한 며느리를 위하여 봉사하기 바쁘다. 그것이 필연 아닌가?

⑤

자녀의 양육문제로 매를 대는 경우가 있다. 사랑의 매인가? 폭행의 매인가? 흥분이 심하면 사랑에서 멀어져 폭행으로 바뀌게 된다. 부끄러운 기억이다.

아이들에게서 효를 기대하기 전에 아이들을 사랑하는 법을 배우려고 노력하라. 이것이 좌우명이다. 그러나 뜻대로 잘 되지 않는다. 잘못하면 매로 다스리는 건, 옛날 부모님에게로부터 물려받음인가? 지혜인가? 그러나 매를 댈 때면 아이가 잘못되지나 않을까 걱정한다.

⑥

여러 형제의 맏형으로서 두고두고 후회하는 일은 막내를 너무 귀엽게 키웠다는 것이다. 늦게 얻은 자식이라 부모님의 관심과 사랑을 독차지했지만, 길을 잘못 들었다. 다른 형제처럼 매를 대지 못한 맏형으로서의 책임은 지금도 가슴이 아프다. 좀 더 배우고 더 나은 삶을 살수 있었을 텐데. 지금 물어 보면 예전에 철이 없어서 그랬다는데, 그 철이 없음을 바로 잡아 주어

야 하는 사람은 누구였을까?

⑦

부모님을 섬기는 형제들의 모습을 보면 대견하다. 자식이 돌아와 부모님의 마음을 편안하게 하니, 함께 기뻐진다. 물론 다툼이 소용돌이칠 때도 있지만, 세월이 지날수록 부모님을 섬기는 마음이 가득함을 알 수 있다. 이것이 가족을 바라보는 행복 아닌가?

⑧

효도란 무엇인가? 부모님의 마음을 편하게 하는 것 아닌가? 매일 아침 안부와 정성이 담긴 선물, 이런 것들인가? 함께 있다는 것, 그리고 멀리 있지 않다는 것, 이것을 느끼게끔 하는 것도 효를 실천하는 하나의 방법이다.

부모님이 걱정하지 않을 수 있도록, 내 몸을 잘 관리하는 것과 가족이 편안함으로 부모님의 걱정을 덜어주는 것, 따뜻하면서도 걱정 어린 말 한마디, 이런 것들이 부모에 대한 감사의 표현이다.

효도가 뭐 그리 멀리 있는가? 항상 부모님에 대한 관심을 가지고 사는 것, 그리고 부모님이 우리를 걱정하지 않도록 매일 노력하며 사는 것. 이것이 바로 효도이다.

⑨

부모님은 항상 곁에 있지 않다는 것, 아내와 함께 우리 자신이 스스로 후회하지 않도록 부모님에 대한 사랑을 한다. 비록 어른들은 그것을 알지 못하더라도 항상 부모님에 대한 감사의 마음을 가지고 산다. 미안하고도 죄송한 마음으로 부모님에 대한 생각을 한다.

교육

❶

아이들의 양육 문제로 고민하라. 부모로서 아이들의 장래를 생각한다면 아이들의 교육 문제를 고민하지 않는 것이 오히려 이상하다.

❷

아이에게 공부를 가르치지 않고 내버려 둔다고 하더라도 그것이 부모의 교육일 수 있다. 어느 것이 옳다고 설명하려고 하지 말라. 왜냐하면 아이들의 장래는 위대하신 하나님의 손끝에 달려 있으니까.

❸

아이들이 공부를 못한다고 해서 탓하거나 남보다 못하다고 생각할 필요도 없다. 그 아이의 밥그릇은 자신이 이미 갖고 태어났으니까 말이다.

❹

아이들의 장래에 가장 중요한 것은 그들이 어떤 인생을 사는가 하는 점이다. 인생에 대한 가치를 충분히 부여할 수 있었다면, 부모로서의 역할은 다한 것이 아닌가?

다만 우려스러운 것은 아이들이 공부하여야 할 이유를 몰라 공부할 때를 놓치는 것이 아닌가 하는 염려이다.

❺

능동적이고 사교적이며 활동적인 아이를 공부방에 가두는 지옥보다 더 큰 걱정은 없다. 고통과 인내 후에 달콤한 열매를 얻을 수 있다는 사실을 아이가 어느 새 깨달아 자기 자신을 스스로 공부방에 가두는 것은 부모로서도 어쩔 수 없는 일이다.

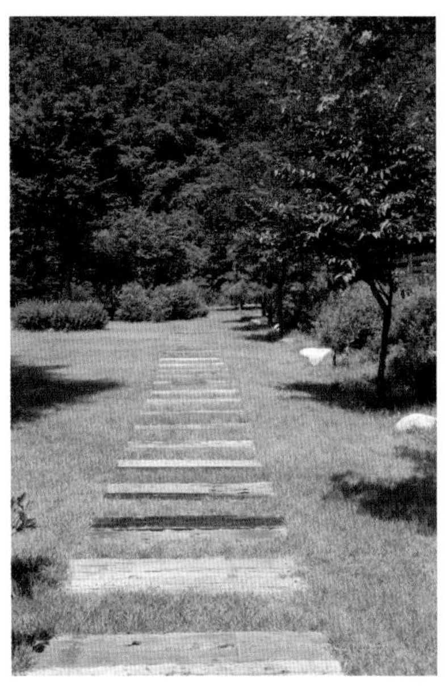

장래 아이가 갖게 될 직업이 그 아이의 적성과 취미에 맞아야 한다는 사실만은 틀림없다.

하루 종일 적성에도 맞지 않은 사무실 컴퓨터와 책상 앞에 앉아 있어보라. 눈에 들어오지 않는 서류더미에 자신의 인생을 맡기는 어리석은 아이가 있겠는가? 모든 것이 부모의 우려 때문이다.

아이가 즐겨하는 인생과 자신이 걷고 싶어 하는 인생의 설계가 있다는 것을 안다면 부모는 보호자로서 아이의 진로를 안내할 뿐이다. 혹 곁길로 가서 자신의 적성과 맡지 않는 고통의 길에 빠질 때, 그 일이 아이의 희망에서 이루어진 일이라면, 잘 타이르고 인내할 수 있도록 조언하는 일 뿐이다. 이것이 부모로서 지켜야 할 일이다.

아이를 너무 사랑치 말라. 자녀를 너무 사랑하는데서 모든 문제가 제기된다. 아이를 사랑한다면, 먼발치에서 아이의 장래를 차분히 살펴볼 수 있어야 한다. 모든 문제가 자신의 아이들을 너무 사랑하는데서 비롯된다.

부모가 이루지 못한 꿈을 아이에게 기대하는 기대심리에도 그 이유가 있다. 그러나 자녀는 하나의 인격이며, 먼 미래의 꿈이다. 아이가 걸어가는 길에는 아이의 인격과 자녀가 걸어가고픈 길이 있다. 부모는 자녀의 사고가 폭이 넓어지도록 안내하고, 견문을 넓히도록 잘 안내할 뿐이다. 그 이후의 선택은 자연스럽게 아이가 스스로 결정하도록 안내하여야 한다.

⑧

인생의 궁극적 행복은 자녀가 자라가는 모습에서 얻어진다. 아무리 공부를 잘한다고 한들, 건강을 잃어버릴 정도로 치우치면 이도 걱정이 다.

아이들이 건강하게 무럭무럭 자라고, 올바른 정신세계를 탐닉한다면 이보다 부모의 기쁨이 더할 수 있을까? 위대하신 하나님의 세계를 알고 그분을 위하여 아이가 자라간다면 부모에게는 이보다 더 큰 기쁨이 있을 수 없다. 이보다 더 큰 축복 또한 있을 수 없다.

자녀

❶

자녀들은 부모에게 희망이다.

가난한 가정의 부모가 희망을 거는 것은 아이들뿐. 공부를 시키며 소망을 갖는 것은 아이들에 대한 믿음과 희망에 대한 확신 때문이다. 더 이상 가난을 물려주고 싶지 않은 부모의 마음은 아이들에 대한 기대가 가혹하리만치 크다.

❷

아이들을 곱게 키우는 것은 고운 온상에서 화초에 물을 주는 것과 같다. 그러나 아이들에게 강한 인내와 고통을 극복할 능력을 갖도록 하는 것은 훈계와 훈육을 통해서만 가능하다.

아이들이 올바르게 자라기를 원한다면, 그리고 미래의 희망을 얻기를 원한다면, 아이들에게 강한 인내심을 가르칠 필요가 있다. 사람들이 보기에 탐스럽게만 보이는 온상 안의 화초는 사람들의 관상거리가 될 뿐이다.

❸

자녀들이 시대를 리드하고, 지도자로서의 역할을 충분히 갖기를 바란다면, 독서를 가르치고 견문을 넓히게 하고 스스로 개척해 나갈 수 있는 진취성을 독려할 필요가 있다. 정말 좋은 자녀를 바란다면 말이다.

양육

❶

아이들에게 무슨 일을 하도록 할까? 어떤 직업을 선택하도록 할까? 항상 고민이다. 무엇을 좋아하는지, 어떤 일이 적성이 맞는지 조금은 알겠는데, 환경과 여건이 받침이 되지 못한다. 모든 게 돈 탓이다.

적성을 살리려 해도 아이가 좋아하는 그 한 분야만을 집중적으로 양성하지 않는다. 다른 일에는 관심이 없는데 아이들은 모든 과목에 좋은 성적을 내도록 훈련 받는다. 다른 과목을 놓치면 대학 진학이 어렵기 때문이다.

한 분야에 유독 두각을 나타내는 아이에게도 전 과목을 다 잘하도록 기대하고 바란다. 이 아이들을 보고 무엇을 말할까? 국어는 관심이 있고 성적이 좋은데, 정작 수학에는 관심이 없다. 체육 한 과목은 돌연변이처럼 모든 점이 우수한데, 정작 다른 학과목은 모두 꼴찌이다. 머리가 나쁜 아이는 아닌

데....... 이게 고민이다. 무엇이 잘못되었는가?

②

모든 것을 권장하여야 하는 부모의 마음이 애리다. 이민을 갈까?예체능을 학교에서 모두 가르치는 캐나다로 갈까? 일찍 한국을 떠난 다른 부모의 모습이 눈가에 선하다.

③

교육시스템이 아무리 빨리 바뀌어도 내 아이들의 세대에 쉽게 적용될 것 같지가 않다. 아이들을 탈출시키고 쉽지만 쉽게 해결될 수 있는 문제들이 아니다. 방법이 없다. 지금까지 가르쳐 오던 것처럼 그렇게 또 열심히 또 열심히 공부하라고 다그친다.

④

학원에 다녀온 아이들의 눈가에 웃음이 사라진다. 학교의 성적표를 보이지 않는다. 가까스로 한 아이의 성적표를 보았지만 얼굴이 굳어져 버린다. 웃을 수도 없고, 울 수도 없고. 축구선수를 시켜 달라던 아이의 마음을 이해할 것 같다. 골프를 시켜볼까? 경제적 감당이 되려나. 아이의 가슴처럼 부모의 마음에도 눈물이 흐른다.

⑤

아이에게는 적어도 미래를 바라보게 해야 한다. 어떻게 돈을 벌 것이 아니라 어떻게 기여하며 어떤 직업을 가져야할 지를 고민하며 가르쳐야 한다.

모두가 다 학자가 될 수는 없다. 모두가 다 지도자가 될 수도 없다. 오늘 하루를 즐기며, 가정을 잘 꾸려가는 멋있는 인생을 살도록 가르쳐야 한다.

⑥

그냥 되는 것이 없는데, 너무 안이한 것은 아닌지 다시 돌이켜 보게 된다. 적어도 아이들이 한 가지는 알았으면 좋겠다. 세상 일이 그냥 되는 것이 없다는 것을. 그냥 그렇게 수이 이루어지는 것이 없다는 것을.

⑦

어떻게 지 아버지와 똑 같은지. 진학을 앞둔 아이가 소설책에 여념이 없다. 영어 단어는 언제 외울는지. 세상에 나가보면 자신에게 정작 필요한 것이 무엇인지 알 터인데,

무엇을 공부하고, 어떤 직업을 선택해야 할는지 스스로 깨닫게 되리라. 학교에서 배우지 못해도 어느새 스스로 알게 되리라. 다시 학업을 선택할 수도 있다 해도 분명 자신이 서야할 자리가 어디라는 것을 알게 되리라.

아이들에게 이 사실을 깨우치기가 영 쉽지 않다.

부부

❶

부부란 함께 있어 행복하다. 행복을 함께 나눌 수 있어 외롭지 않다.부부란 혼자가 아니라서 행복하다. 어려운 일을 함께 짊어지고 나갈 수 있는 배우자가 있어 행복하다.

아무리 힘들고 어려워도 부부는 헤어져서는 안 되며, 그 짐을 함께 나누어질 수 있어야 한다. 부부간의 애정을 살펴보는 사랑의 노래가 있다. 김정환의 시에 테너 박종호씨가 부른 아름다운 노래이다. 부부간의 애정이 식어가는 오늘의 현실을 보고, 이를 예방하기 위해 만들었다고 한다.

좋은 곳에 살아도 좋은 것을 먹어도
당신의 맘 불편하면 행복이 아닌 거죠.
웃고 있는 모습이 행복한 것 같아도
마음속에 걱정은 참 많을 거예요

사랑도 나무처럼 물을 줘야 하는데
가끔씩 난 당신께 슬픔만을 줬어요.
너를 사랑한다고 수없이 말을 해도
내가 내 맘 아닐 땐 화낼 때도 많았죠.

세상사는 게 바빠 마음에 틈이 생겨
처음 했던 약속을 지키지 못하지만
이 세상의 무엇을 나에게 다 준대도
가만히 생각하니 당신만은 못해요

사랑해. 난 널 사랑해.
사랑해. 난 널 사랑해

부부는 사랑과 애정으로 맺어지는 것, 어렵고 힘든 일이 있어도 참고 함께 견뎌내어야 한다. 요즘 사람들 상이에 부부관계를 너무 가볍게 여기는 사람들이 많아서 걱정이다.

부부는 사랑을 먹고 사는 것. 가족이 어려운 일을 당하거나 가정이 힘든 가운데 있을 때, 가정이 일어설 수 있는 힘의 원천은 바로 부부와 가족 간의 사랑이다.

함께 가정을 일구고, 함께 아이들을 키우고, 멋있는 인생을 살기로 서로 약속하지 않았던가? 행복한 인생을 위하여 미래를 설계하고, 아이를 낳아 잘 기르고, 인생을 행복하게 살기로 하고 혼인예식 시 서로 서약하지 않았던가? 때때로 힘들고 어려워도 서로 양보하며 존경하며 산다면 부부는 행복한 가정생활을 영위할 수 있다.

가정을 이룬 누구든, 그나마 좀 산다고 하는 사람들의 이야기를 들어 보면 어려운 일이 많았고, 부부사이에 누구든 항상 좋은 일만 있는 것이 아니다. 그만큼 어려움을 극복하고, 서로를 이해하려고 하는 노력이 많았다는 것을 알 수 있다.

경제가 어려워지고, 남편의 사업이 실패하고, 어려운 고난의 겨울이 다가올 때, 부부란 애정과 고난을 함께 나눌 수 있어야만 한다. 그래야 부부의 침상이 따뜻해지는 법이다.

③

많은 사람들이 처음의 약속을 저버리고 쉽게 이별을 선택하는 것을 볼 수 있다. 하나님께서는 결혼 한 부부가 나눠지는 것을 결코 바라지 않으셨다. 부부는 어떤 경우든 이별을 선택해서는 안 된다. 피할 수 없는 불가결한 사유 이외에는 말이다.

④

부부간의 애정이 식어지다니, 이 얼마나 불행한 일인가? 사랑이 함께 함으로 부부간의 정도 더하는 것이 아닌가? 남편의 직장이 없어, 생활고에 시달리면 서로 원망하며 이별을 선택하는 것이 아닌가?

가난을 함께 나누며 달콤한 미래를 함께 소망하며 살아가는 이들의 모습을 바라볼 때마다 행복해 보이는 건, 그들의 사랑이 고귀하기 때문이다. 부부는 반드시 애정과 사랑으로 맺어져야 한다.

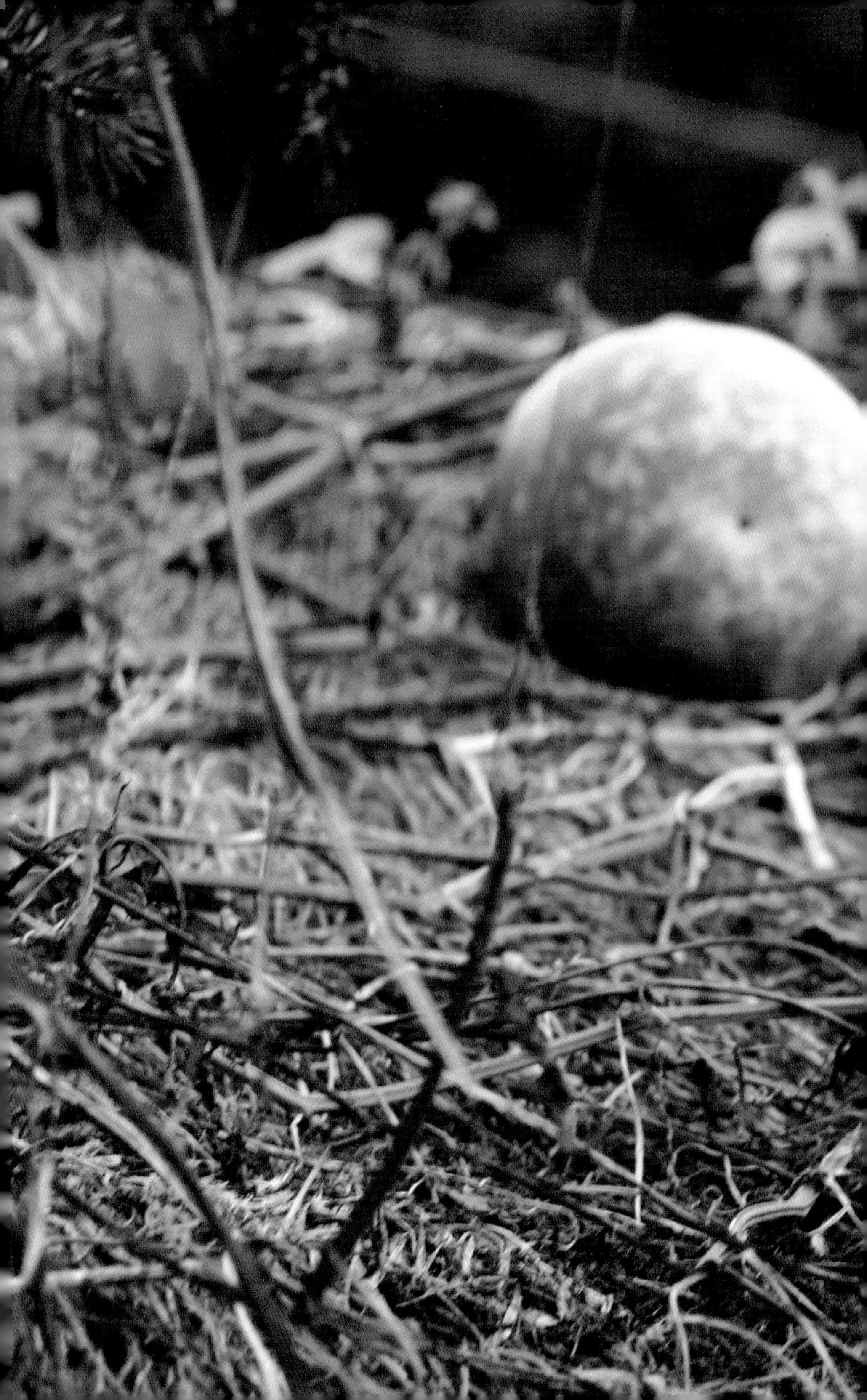

제4부
행복한 삶

믿음

❶

믿음은 두 가지 의미를 내포한다. 하나는 타인이나 어떤 대상을 믿는다는 것이요, 또 하나는 내가 어떤 대상에 대한 신념과 확신, 그리고 확실한 판단 기준을 가진다는 것을 의미한다. 그 어느 쪽이든 믿음에는 신뢰와 확신을 요구한다.

❷

별처럼 찬란하게 빛나는 믿음을 가진 이들의 삶은 고난이다. 믿음에 대한 소신 때문에 죽음을 두려워하지 않고 찬란한 금자탑을 이룬 이들이 있다. 그러나 믿음 때문에 이름도 없이 빛도 없이 슬픈 형장의 이슬로 사라진 사람들이 많이 있다.

신을 믿는 믿음의 분량도 다르고, 신을 바라보는 각자의 시각도 다르다. 신에 대한 서로 다른 믿음의 시각 때문에 민족 간의 분쟁이 생겨나고, 국가 간에 전쟁을 한다. 믿음에 대한 철학 때문에 그리스도인들은 죽음을 두려워하지 않고 복음을 전하고자 한다.

❸

어떤 진실과 사실에 대하여 정확한 믿음을 가지는 것은 중요하다. 올바르지 못한 믿음 때문에 수많은 사람들을 죽음으로 내몰고, 집단으로 죽음의 의식을 실현하는 이들이 있다.

❹

그래서 진실을 알기 위하여 접근하고 노력해왔다. 대학 4년 동안 하나님의 존재에 대하여 고민해 본 것도 그런 연유이다.

실용적인 학문과 신학을 논하자면 무엇이 가치 있는 일인가를 판단하는 기준이 있다는 사실이 그 접점이 된다. 실용적인 학문을 즐기면 무생물적인, 인간 본래의 물음에 대한 가치철학이 없다는 사실 또한 알게 된다.

더 이상 무의미한 삶을 살지 않도록 믿음을 갖는다는 것은 인생에서 매우 중요한 일이다. 그래서 나는 하나님을 믿는다.

⑤

믿지 않는 사람들에 대하여 권면할 수 있는 말은 역시 믿음을 가지라는 말이다. 믿음은 모든 사물에 의미를 부여하고, 상호간에 신뢰를 갖게 한다. 믿음을 갖지 않으면, 이 세상의 존재 의미가 없어지고, 서로를 믿지 못하므로 희망을 잃어버리게 된다. 믿음은 서로에게 신뢰와 희망을 부여하고 있는 원천이 되는 셈이다.

돈

❶

돈은 눈이 있고, 귀가 있다네. 막상 돈을 찾아 달려가 보지만 돈은 저 만큼 멀리 떨어져 물끄러미 나를 쳐다보고 있다네. 내 주머니가 너무 커 더 이상 집어넣을 수 없을 만큼 많은 돈을 담았지만, 어느 새 돈은 주인을 찾아 저만큼 멀리 달아나고 있다네.

돈은 나를 향해 소리치지. 자 빨리 달려오라고. 빨리 와서 나를 잡아 주머니에 담아보라고. 하지만 힘이 부치네. 더 이상 달려갈 힘을 잃고 자리에 주저앉아 먼 하늘만 바라볼 뿐. 돈은 주인을 찾아 떠나는데, 왜? 나는 그 주인이 되지 못하는 걸까?

돈을 사랑하면 일만 악의 뿌리가 되나니, 돈은 조심하라. 그렇지만 돈은 눈이 있고 귀가 있다네. 자기를 사랑하는 사람을 알고, 자신을 조심히 다루는 사람을 안다네. 자신을 존경하는 사람을 찾아가 머물고, 그곳에서 잠시도 떠나기를 꺼린다네.

나도 돈을 사랑하는데 왜 내게는 돈이 머물지 않는 걸까? 알 수 없는 일이로다. 돈은 자기를 존중하는 사람을 사랑하고 그곳에 머물며 그와 함께 거닐기를 희망한다네.

돈이 일만 악의 뿌리가 된다고 한들, 돈을 아끼고 올바르게 사랑하며, 바

르게 사용한다면 하나도 문제가 되지 않을 일. 돈은 자신을 관리하고, 바르게 저축할 사람을 찾아다닌다네. 그래서 돈은 눈과 귀가 있지. 아무도 그의 음성을 듣지 못하지만, 그는 끊임없이 이야기를 하지.

사람들은 눈과 귀가 어두워 돈이 이야기하는 소리를 듣지 못하지. 때로는 그의 주머니를 떠나기 위해 돈이 유혹하는 소리조차 듣지 못하지. 돈은 정직한 사람과 올바르게 자신을 관리할 주인의 주머니를 찾아 그곳에서 머문다네.

4

돈은 물의 흐름과 같아. 흐르고 흘러 낮은 곳을 찾아 향하다가 보면, 거기 머물 수 있는 깊은 웅덩이가 있고, 잠시라도 거기서 빠져나갈라 치면, 거대한 소용돌이가 돈을 잡으니 나가지 못하지.

돈을 모은다는 것은 이 세상에 사는 동안 내 주머니에 돈이 머물도록 하는 것. 돈을 번다는 것은 물처럼 흐르는 돈이 잠시 내게 머물도록 둑을 쌓는 일이라는 것. 수많은 나뭇가지들과 같은 일상사로 돈이 머물도록 댐을 쌓고, 나는 그 돈이 빠져나가지 못하도록 크고 튼튼한 집을 짓는다.

돈을 모은다는 것, 인생의 딱지치기와 같은 것. 어느 노년이 되면 맨손으로 왔던 것처럼, 맨손으로 모든 것을 버려두고 가네. 댐 속에 갇히었던 돈도 내가 죽음으로써 제자리를 찾아 길을 따라 흘러가고 마는 것을. 아무 것도 더 가질 수 없고, 아무 것도 더 데려갈 수 없네. 돈이란 바로 그런 것.

5

돈을 너무 사랑하면 악에 빠지고 말아. 어느새 내가 돈을 너무나 사랑하는 무리 속에 빠지고 말지. 이 사람은 돈을 사랑하는 것이 아니라, 돈 대신 쾌락을 사랑하지. 돈으로 얻을 수 있는 것들을 사랑하는 거란 말이야. 돈은

자기가 있어야 될 주인을 알지. 그는 구두쇠 같은 사람이야. 돈을 아끼는 사람. 돈을 주워 모으는 사람. 이 사람이 돈을 모으지. 왜냐하면 돈이 주인을 알아 떠나기를 싫어 하니까.

돈을 너무 사랑하면 악에 빠지고 말아. 모든 나쁜 일엔 돈이 필요하니까. 쉽게 버릴 수 있는 돈을 찾는 거지. 그렇지만, 이것 알아? 돈을 보내고 나면 허망해 진다는 것을. 그가 머물던 자리에 모든 것이 비고 나면, 허망한 눈으로 허공을 응시하게 되는 거야. 이미 주인으로서 관리인의 노릇을 제대로 하지 못했다면, 더 이상 기회를 잃게 되는 거야. 기회를 잃은 사람에겐 결국 슬픔뿐이지. - 끊임없이 돈이 이야기 하는 걸 알아?

6

돈으로 남은 인생을 사려면 자선을 베풀라. 당신의 죽음의 순간에 천국이 예비 되리라. 천국은 영원한 기쁨과 즐거움이 있는 곳. 죽음 이후에 더 나은 삶을 예비하려고 한다면, 어려운 이웃을 돌아보라. 가난과 질병에 시달리는 수많은 사람을 살펴보라. 죽음 이후에 당신이 가져갈 수 있는 선량을 베푼 삶이 당신의 인생을 죽음에서 구원하리니.

여행

❶

여행을 해 보라. 무엇이든 보고 느끼는 점이 있을 테니까. 먼 산과 들을 바라보라. 오묘한 창조주의 그 크신 손길을 깨닫게 될 테니까.

오고가며 만나는 낯선 사람들에게, 당신은 미소를 날린다네. 다가오는 사람들 모두가 형제 같고, 차 안에서 만나는 사람마다 편안히 느껴진다는 사실. 오늘 무언가를 보고, 내일은 또 여기에서 잠자며 하루를 걸어간다는 사실. 무거운 직장에서 잠시 갖는 여유 아닌가?

차창 밖으로 보이는 푸르른 들판과 작은 풀벌레들! 자연을 노래하며 오늘 하루 만끽해 보라. 멋진 하루의 여유를. 인생의 행복이 여유롭게 느껴진다네. 저 높고 높은 하늘과 푸르른 멋진 산과 들! 달려가 보세. 창조주 하나님의 오묘한 손길이 느껴진다네!

❷

여행은 힘과 용기를 얻는 새로운 충전의 세계. 알지 못했던 수많은 것들을. 만나지 못했던 수많은 이야기들을. 다시 만나고 이야기하는 그런 시간들. 시간의 배낭 속에는 이런 이야기들이 하나씩 둘씩 모여들고, 나는 무겁지만 그 이야기들을 내려놓기를 꺼린다네.

행복이 여기 있었다는 것을. 여행을 떠난 뒤에야 기억하는 것은 무슨 뜻인가? 사람들은 무거운 잠자리를 두고 일어나길 꺼린다. 그러나 지금 당장 떠나 보라. 멋진 여행이 되기를 기대하고, 작은 배낭 하나 어깨에 걸고 지금 당장 길을 걸어 보라. 멋진 이야기가 기다리고 있을 테니까.

③

인생은 나그네. 멋진 여행으로 종착길을 열고 그길을 따라 마지막 여행을 마친다. 이 여행이 멋진 여행이었기를. 아름다운 사람들을 만나고, 아름다운 이야기와 음악을 들으며, 낭만의 아름다움을 만끽하는 그런 여행이었기를.

잠시 세상을 내려놓고 돌아보는 길에 나지막한 농촌의 저녁 연기가 고향을 이야기한다네. 처음 이 땅에 와서 노닐던 고향을 떠나, 이별의 세계를 맛보기 전에 여행을 종료한다네. 너와 나의 다정한 이야기가 담겨 있는 앨범 하나 남기고, 새로운 세상을 맛본다네. 지금까지 알지 못했던 세계가 있었다는 것을 이제야 기억하며, 또 다시 잃어버린 나를 찾으러 길을 나선다네. 새로운 여행길이 기다리고 있음을 아는 까닭에.

④

비를 맞으며 길을 나선다. 아무도 도와주는 이 없다. 친구들은 어디로 뿔뿔이 떠나고, 사랑했던 사람도 떠나고, 지금까지 가 보지 않은 길을 나 홀로 떠난다.

지팡이에 몸을 기댄 채, 맑은 하늘을 우러러 오가는 바람을 벗 삼아 땀을 쓸어내린다네. 어느새 살을 에는 바람. 얼마나 걸어왔을까? 우리 다시 만날 수 있을까? 기약 없이 길을 나선다네.

휴식

❶

휴식은 또 다른 삶의 원천이다. 너무 오랫동안 피곤하게 달려오지는 않았는가? 잠시 틈을 내어 푸른 하늘을 쳐다보라. 끝없이 펼쳐져 있는 하늘 위로 무엇이 우리를 쉬게 하는지를 생각해 보게 되리라.

휴식하지 않으면 피로가 겹겹이 쌓이고, 더 이상 힘을 낼래야 충전할 수 있는 힘을 잃게 된다. 휴식은 몸의 에너지를 충전해 새로운 모습으로 일에 매진할 수 있도록 해 준다.

❷

무섭게 달려오지는 않았는가? 뒤돌아본들 보이는 건 지나온 자취 뿐. 무엇이 우리를 달리게 했는가? 아무리 돌아보아도 남아있는 건 우리의 발자욱뿐이다. 이제 마무리할 시간에 이르렀으니, 무엇에다 미련을 둘 것인가? 도착지점을 알리는 저 곳에 심판관이 있으니 이젠 짐을 내려놓을 때. 나의 짐 무게를 알지 않겠는가?

❸

그렇군! 남아있는 건 나의 저서들과 많은 돈들! 근데 하나도 가져갈 수 없구나. 여기 머물러있는 모든 걸 훌훌 털고, 빈손으로 왔으니 빈손으로 가야지! 아무도 나를 반겨주는 이 없구나. 빈손으로 왔으니, 빈손으로 가야할 뿐! 아무도 동행할 이 없구나.

❹

오로지 몸에 지닐 수 있는 걸 찾는다면, 얼마만큼의 아량과 자선, 그리고 이웃을 돌아보았던 기쁨! 환희가 찾아오는 것은 수많은 사람들이 반기는 환희의 송가가 울려 퍼지는 그것이 아니겠는가?

오로지 내 몸을 감싸는 건, 수많은 사람들의 사랑과 따뜻한 미소! 오로지 주님이 좋아하실 착한 행실들. 우리가 바라는 건, 이런 것들 아닌가? 다시 올 수 없을 테니, 모든 것 내려놓고 떠나는 가운데도, 꼭 간직해야할 것들이 있구나.

돈이 있으면 사랑을 사라. 어렵게 번 돈이거든 가난한 이웃을 돌아보라. 당신의 곁에 아무도 없다고 느끼거든 함께 할 사람을 찾아보라. 가난하고 헐벗고 굶주리고. 주님의 따스한 손길을 기다리는 사람들. 그들이 당신의 곁을 지나간다. 그런데 이젠 힘이 없구나. 그냥 편안히 휴식으로 찾아가야 할 길. 내 침상이 가벼워진다.

휴식은 새로운 일을 가늠하기 위한 재충전의 시간. 많은 책이 나를 반기고, 컴퓨터의 자판이 나를 부르는 시간. 푸른 하늘과 별과 구름이 나를 맞이하는 시간. 이 때일수록, 내가 휴식하는 시간이 늘어날수록 내가 치장해야 할 것들을 찾아야겠다. 행복이 이 휴식 공간에 있다는 사실. 가난하고, 굶주리고, 고통스러워하는 영혼들이 부르고 있는 손짓. 거기를 따라 내 인생의 여정을 휴식의 공간으로 만들어야겠다.

관점

❶

'자살'을 거꾸로 하면, '살자', '케이오'를 거꾸로 읽으면, '오케이', '소변금지'를 거꾸로 읽으면, '지금변소.'

무엇이 옳은지를 모른다. 가끔 내가 보는 것을 거꾸로 볼 필요는 있는 것이 아닌지? 지금 하고 있는 일이 과연 옳은 것인지, 가끔 거꾸로 생각하고 돌아볼 필요가 있다. 상사와 부하의 관계에서 조금만 경우를 바꿔놓고 생각해 보면 전혀 다른 관계가 만들어진다. 적어도 세상은 그런 것이다.

인생의 행로에서 내가 지금 걷고 있는 길이 최고라고 생각해 본적이 있는가?

'정말 그렇다.'
'가끔 그렇다.'
'전혀 그렇지 못하다.'

답은 이 세 가지 중의 하나이다.

그렇다면 질문을 해 보자. 지금 내가 걷고 있는 길은 과연 올바른 길인가? 지금 내가 있는 자리가 과연 최선의 자리인가? 하늘의 별도, 달도 다 좋아할 만큼 내 인생은 멋진 인생이란 말인가?

❸

하는 일이 힘들고 어렵다. 적성도 맞지 않고, 어떻게 삼십여 년 동안 직장을 다녀왔는지 오히려 궁금하다. 그래서 부서를 옮겼고, 지금까지 잘 찾아왔고 버티었다. 가정도 꾸렸고, 아이들도 건실하게 자랐다. 근데 지금 남은 것은 무엇인가?

해외에서 워킹 홀리데이를 경험하고, 그곳에서 사랑하는 외국 사람을 만나 정착한 사람이 있다. 그의 일기장을 접할 때마다, 그렇다. '참 재밌게 사는 친구로군.' 이 말의 속내는 무엇인가? 나는 오늘 서울의 거리를 활보하며, '그래도 나는 직장이 있어.' 이렇게 외치며 나 스스로의 만족감과 성취감으로 즐거워하는 것이 아닌가?

④

배낭을 짊어지고 어디 훌훌 떠나보자. 하루 종일 산과 들을 걷다가 옹달샘에서 물을 마시고, 점심은 간식으로 준비한 건빵을 물에 타서 훌훌 마셔보자!

떨어지는 땀방울은 흐르는 물에 던져 버리고, 청명한 하늘의 구름과 함

께 '물망초'의 노래처럼 '저 산 너머 물 건너 파랑 잎새 풀잎'을 바라다보자. 아! 삶이 여기 있지 않는가? 행복이 여기 있지 않는가?

⑤

그리 잘 살려는 것이 나의 삶의 목적인가? 행복하게 살려고 하는 것이 나의 삶의 목적인가? 아님, 편안하고 행복하고 게으르게 살려고 하는 것이 나의 삶의 목적인가? 쥐꼬리만 한 봉급이지만, 그래도 안정된 직장을 얻는 것이 나의 인생의 꿈 아니었던가?

이젠 인생을 정리 할 때, 그 노래가사 처럼 '저 푸른 초원 위에, 사랑하는 님과 함께, 그림 같은 집을 짓고, 사랑하는 우리 님과, 한 평생 살고 싶어.'

행복은 순간, 여기 이 자리에 머물고 있는 시간이 행복이라는 사실을 깨닫는 것이 결코 어려운 일이 아님을 알게 된다. 행복은 바로 지금 여기에 있다는 것을 또 다른 관점에서 보게 된다.

시련

❶

어떤 사람도 시련을 겪지 않은 사람은 없다. 극도로 어려운 상황과 번민의 과정 없이 성장한 사람은 없다고 하는 말이 맞다.

시련이란 무엇인가? 시험받고 연단 받는 과정이라 할 것이다. 인생의 과정에 아마 가장 참기 힘들고 고통스러운 상황을 의미하는 말이다. 시련을 나타내는 말은 그 말에 대한 감흥조차 표현하기 어렵고, 힘든 시험의 통과 과정을 안내하는 마지막 순간의 힘든 이미지를 생각나게 한다.

학생들에게는 시험이 어렵고 학업의 전 과정이 시련의 과정이 될 수 있다. 사업을 실패한 사람에게는 과거의 실패의 쓰라린 경험이 시련의 시간이었으리라.

❷

시련을 겪은 사람과 겪지 않은 사람과의 차이는 무엇인가? 시련을 겪은 사람은 인생의 어떤 장애물이 다가와도 걷어낼 힘과 용기를 지니게 된다는 사실이고, 시련을 겪어보지 않은 사람은 시련이 다가올 때 쉽게 낙망하거나 좌절하고 만다는 사실이다.

유복한 가정에서 어려움을 겪지 않고 자라난 자녀들이 사업의 어려움을 겪을 때 곧잘 자살을 하는 것만 보아도 젊은 시절에 고난과 역경을 경험하는 것이 중요하다는 사실을 깨닫게 한다.

자녀들에게 고난을 겪게 하라. 젊은 시절의 고난은 나이 들어 양약이 될

터이니. 강하고 담대하게 시련을 이겨나갈 수 있도록 양육하라.

우리나라의 청년들이 진취적인 것은 아마 군 복무를 하기 때문은 아닐까? 한창 청춘의 나이에 부모와 가정을 떠나 공동체 생활 속에서 젊은 청년들은 패기와 인내와 열정을 배운다. 혹자는 군 생활을 걱정하는데, 젊은이는 누구나 한번쯤 이런 시련의 세월을 겪는 것이 인생에 큰 보탬이 되는 것은 아닐까?

성공한 사람들의 이야기를 들어보라. 어느 누구든 젊은 시절의 고난과 역경을 겪지 않은 사람이 있나 보라. 그들은 실패와 절망을 딛고 일어서며 시련의 시기에도 결코 좌절하지 않았다. 미래를 향해 열심히 길을 달려갔으며, 성공을 위하여 최선을 다하였다. 그래서 성공한 사람들에게 우리는 박수를 보내게 되는 것이다.

자만

자만보다 위험한 병은 없다. 모든 면에서 자기 자신이 최고로 잘났다고 믿기 때문이다.

자만에 차 있는 사람과는 가까이 하지 않는 것이 좋다. 스스로 자신감에 차 있기 때문에 다른 상대방의 능력은 아무것도 보이지 않는다. 겸허함을 잃어버리고, 더 이상의 희망을 잃어버리기 십상이다. 이런 사람을 곁에 두지 말라. 자신이 함께 물들까 걱정이 되기 때문이다.

남성전용
Ibiza
마을식당
새마을식당

술

❶

독주일수록 목구멍을 편안하게 타고 내린다. 향긋한 내음과 코끝을 찌르는 향기로 독주의 가치를 감별하게 된다.

❷

술에 취하므로 인생의 여유을 가지고, 오늘의 고난과 실수을 잊게 된다. 그러나 이런 일이 잦아들수록 주머니 속의 지갑은 얇아지고, 말의 실수가 늘어나게 된다. 술에 취하여 말한 것은 다 용서 받을 수 있다고 말하지만, 상대방은 그 이야기의 끈을 결코 놓지 않는다. 그러므로 술에 취하였다고 모든 행위를 다 용서 받을 수 있다고 생각하지 말라. 많은 사람이 술에 취하여 인생을 그르치고 말았다는 사실을 기억하라.

❸

술의 양을 자랑치 말라. 결코 하나님이 기뻐하시지 않기 때문이다. 술좌석에서 한 이야기니 잊어버리라고 말하지 말라. 더 이상 성실하게 느껴지지 않기 때문이다. 술에 취한 사람이 정직과 성실을 이야기한다고 하는 것은 우스운 일이다. 술을 좋아하는 사람이 성실한 것을 보지 못하였다.

❹

독주는 보지도 말라고 성경처럼 외치고 싶다. 그러나 세상을 사는 데, 술을 전혀 가까이 하지 않고 상대편을 알아가기란 쉬운 일이 아니다. 서로를 이해하고 탐색하기 가장 좋은 방법이 술좌석이란 사실을 잊어서는 안 된다.

얼마나 지혜롭게 술의 양을 줄이고 적당한 음료로써 술을 즐길 수 있는가를 고민해 보아야 한다. 아무도 답해 주지 않는다. 그것은 오로지 당신 스스로 얻어야 할 답이다. 그렇지만, 술로 좋은 결과를 얻는 것은 도무지 보지 못하였다. 그 사람의 행위를 굽게 할 수는 있지만, 항시 좋은 결과를 얻는 것이 아니라는 사실을 명심하라.

학업

❶

학업을 성취한 결과가 어떤 결실을 얻게 하는지는 공부해본 사람만이 안다. 돌이켜 보면 역경과 어려움이 있었고, 인고의 세월이 많았던 것도 학업을 시작한 전후의 일이다.

학업을 성취해 본 사람은 학업과 관련된 일이 아니라하더라도 믿음과 자신감으로 성취하고 또 희망을 얻는다.

학업을 소홀히 하는 사람도 있고, 학창시절을 가볍게 여기는 사람도 있다. 물론 이들이 사회에서 무력해지거나 도태되는 것은 아니다.

❸

학업이 힘들다고 한숨을 쉰다. 그러나 자고 일어난 후, 인생이 서로 다른 곳을 향해 있다는 사실을 안 때는 이미 늦어 있다는 사실 또한 알게 된다. 그래서 학업의 중요성이 강조되고, 보다 더 열심히 경주하라는 소리를 끊임없이 듣게 된다.

그때는 잔소리요 듣기 싫은 소리였으니, 귀에 거슬리는 것도 당연하다. 그러나 지나보면 그런 때가 있었다는 사실에 위안을 얻지만 전력하여 매진하지 못했다는 사실에 후회하는 마음이 가득할 때가 있다.

❹

학업에서 가장 중요한 것은 성취동기이다. 그러나 무엇을 얻느냐가 중요한 것이 아니라, 여기까지 달려왔다는 사실이 기뻐하는 중요한 이유가 되는 경우도 있다. 학업을 성취한 후, 고난과 역경을 이기고 또 하나의 과정을 이루었다는 사실 하나로 가슴 뿌듯해 하는 것이다.

⑤

학업을 게을리 하지 마라. 아무도 당신에게 채찍을 들지 않는다. 그러나 이 모든 결과는 당신 자신과의 싸움이며, 전적으로 그 결과에 대한 책임은 당신 자신에게 있는 것이다.

인생을 경주하는 과정에서 한 사람은 성공한 사람이 되고, 한 사람은 실패한 사람이 된다면 그 이유의 한 가지는 학업의 성취 과정에서 나타나는 것도 있다.

학업을 성취하라. 그 결실은 달콤할 것이다. 집념을 가지지 않으면 그 결실을 얻지 못할는지 모른다. 열심히 학업을 성취하기 위하여 노력하라. 그 결실은 너무나 달콤하기 때문이다.

유혹

❶

누구나 살다보면 달콤한 유혹의 순간이 있기 마련이다. 이 유혹은 항상 자신의 가장 취약한 부분으로부터 시작된다. 무엇이 나에게 부족한가? 나의 가장 취약한 부분은 어디인가? 스스로 물음에 대답해 보아야 한다..

❷

유혹을 극복하는 힘은 강인한 마음과 절제와 상관이 있다. 마음이 강인한 사람은 유혹에 굴복되지 않는다.

젊은 시절의 고난과 인내는 마음을 강하게 만든다. 집념이 형성되어 있기 때문이다. 자신이 목표로 삼은 일은 반드시 성취하고야 말겠다는 집념이 자신의 생의 목표를 가름하는 요소가 된다.

❸

종교를 가진 사람의 성취동기는 다른 사람에 비해 높기 마련이다. 성취동기가 높은 사람이라면 어떤 일이든 당연히 자신이 목표하는 바를 이루고자 하는 욕구가 더욱 강할 것이며, 또한 자신이 추구하는 목표가 분명하게 형성된 사람이라면, 다른 곳을 기웃거리지 않고 그 목표를 향해 나아가게 될

것이다. 가야 하는 길이 명확하기 때문이다.

④

유혹은 누구에게나 있다. 다만 그 유혹을 이겨내고 있는가, 아니면 그 유혹에 빠져들고 마는가 하는 차이가 있다. 이 두 가지 사이의 공간은 백짓장 하나의 차이일 뿐이다.

⑤

유혹을 이겨낸다는 것은 뼈를 깎는 자기절제가 있다는 것을 의미하며, 먼 미래를 자신의 것으로 만들어가고 있음을 의미한다. 또한 자신이 추구하는 가치관을 따라 현재의 사소한 것들에 몸과 마음을 앗기지 않음을 의미한다. 그러나 그 의미만큼이나 지키기 어려운 것이 사람의 마음이다. 유혹에 빠지지 않는다는 것은 자신이 추구하는 삶의 가치관을 따라 성공적인 삶을 사는 방향을 의미하는 것이다.

세월

❶

어느 여유로운 가을 아침 낙엽이 진 날 아침이 좋아요. 그윽한 안개가 있는 아침, 사진 한 컷을 얻고 싶어요. 지나간 날들이라고 이야기 하겠죠. 그래도 빛바랜 얼굴 너머로 당신의 아름다운 미소가 떠오릅니다. 다시 돌아오지 못할 것 같은 시간의 너머로 당신의 부드럽고 평온한 얼굴이 물밀 듯 몰려옵니다. 그리움이란 이름으로

창을 열면 눈가엔 주름이 하나 가득, 그래도 풍경은 안개 하나로 그리움의 모든 것을 덮는답니다. 사람들도 하나 둘 산속 푸른빛 들판으로 사라지고 나면, 그리움이란 이름을 더하여 그 위에 사랑이라는 옷깃을 감추고 만답니다.

한 컷의 사진을 얻고 싶습니다. 영원히 빛바래지도 않는 당신의 고운 자태 하나 가득, 인생이 머물고 간 자리, 거기에 당신의 얼굴을 누이고 싶답니다. 다시 오지 않을 것 같은 사랑이라는 이름으로

❷

모두가 지나간 추억이 되고 말았죠. 하늘엔 구름이 송알송알 맺히고, 다

시 세월이라는 이름으로 다가온답니다.. 잠시 사랑이 머물고 간 자리 거기에, 다시 사랑이 머문답니다.

피부엔 윤기가 하나씩 둘씩 떠나고, 진달래꽃 능선은 어느새 바람소리 그윽해 지겠죠. 당신이 머물다 간 자리 거기에, 사랑이라는 이름이 덧쓰여지겠죠.

③

아무도 알 수 없답니다. 거기 그 자리가 그렇게 허전하게 느껴질 줄은. 세월이 가면 모든 게 잊혀지고, 또 새로운 듯 일어나곤 한답니다.그러나 시간이 흐르면 연륜도 쌓이겠죠. 그리고 사랑이라는 말을 기억해내겠죠. 시간이 흐른 뒤에야 알게 되는 것들. 모든 것이 시간이 지난 뒤에야 세월이라는 이름으로 그윽한 답장을 남긴답니다.

④

세월이란 말은 가을과 닮았다. 시간이 흐른다는 말, 늙어간다는 말, 연륜이 쌓인다는 말, 이 모든 것이 세월이란 이름으로 마침표를 찍는다. 우리의 삶의 모든 것이, 결국 세월이란 이름과 연관이 되어 있음을 이제서야 알게 된다.

영웅

①

시대가 영웅을 부른다. 난세에는 영웅이 출현한다는데, 오늘의 난세엔 영웅을 찾아보기 힘이 들구나.

믿음의 신실함으로 사람들의 시선을 끄는 그에게 희망이란 이름을 이야기한다. 냉철함과 격식으로 무장한 그에게 틈은 느낄 수 없지만 오늘이란 이름을 감히 선사할 수 있다.

위대한 힘은 관자놀이에서 나오는가? 시대를 아우르는 힘을 기대한다. 사람들의 신뢰와 희망을 가지고 오는 그는 어디에서 오늘을 기다리는가?

모든 것을 닮아갈 만한 신실함이 묻어나는 사람은 없는가? 이 시대의 정신을 따라갈 만한 예수님과 같은 사람은 없는가? 하다못해 달라이 라마와 간디를 닮을 만한 사람도 없는가?

③

시대와 정신을 그에게 의지했지만, 돌아오는 것은 허공을 치는 말뿐. 치국과 경세를 그에게 맡기려 했지만, 보이는 것은 숨겨놓은 자산이 지극히 많다는 사실뿐.

지금 이 세상을 다스릴 만한 영웅은 어디에서 움츠리는가? 냉철하게 고독을 이길 줄 알며, 가정을 평화로이 이끌되, 이 난세를 리드할 만한 그런

멋진 영웅은 인물로 나타나지 않는가?

고독과 슬픔의 눈물과 오해받는 고독을 극복하며, 미래를 일깨우는 그런 멋진 사람은 없는가? 이 시대를 맡길 만한 그런 능력의 인물은 어디에도 보이지 않는가?

4

살아가려니 이해가 없을 수 없고, 지식을 얻자니, 많은 다른 사람의 도움을 받지 않을 수 없고, 인기를 끌자니, 왜곡되더라도 듣기에 좋은 이야기를 하지 않을 수 없고. 그래서 숨어 지내기로 한 선현들의 겸손과 청빈함을 보라. 내가 내 아이들에게 이런 고귀한 성결을 요구할 자격이 있는가?

한 시대를 아우르는 영웅은 지금 당장 그 자리에서 만들어지는 것이 아니라, 고귀한 선비들의 눈물겨운 헌신과 다짐, 노력으로 얻어지는 것이거늘, 우리의 후손에게 장차 올 미래를 안녕으로 가꾸어야 하지 않겠는가?

우리의 시대를 짊어지고 나갈, 위대한 한 인물이 이 난세에 영웅으로 떠오르지 않는가? 저녁 노을빛에 그리워지지 않는가?

장식

❶

동물의 세계는 수컷이 암컷보다 화려하게 가꾸고 스스로를 치장하여 암컷에게 잘 보이려고 노력한다. 이는 동물의 생존 본능과 강한 자손을 얻고자 하는 번식 본능 탓이다.

닭이나 공작과 꿩 같은 새들은 수컷이 암컷보다 훨씬 멋있어 보인다. 사자와 같은 동물 역시 수컷이 강하고 우람하여 암컷에게 늠름함을 과시한다. 이는 동물의 왕국에서 얼마든지 볼 수 있는 모습이다. 동물들의 치장하는 모습은 수컷들이 훨씬 화려하고 멋있어 보인다.

사람은 동물과 달리 여자들이 화장을 한다. 어여쁜 얼굴과 아름답고 하얀 피부를 가꿈으로 남자들에게 잘 보이고자 한다. 멋있는 남자를 신랑감으로 맞이하고 싶어 하는 욕구 때문이다. 그러나 조금만 돌이켜 보면 상황은 달라진다. 동물의 수컷이 단순하게 자신을 치장하는 것보다도, 오히려 사람의 남성이 여자보다도 더 많은 치장을 한다는 사실을 알 수 있기 때문이다. 우람한 체격의 남성은 매력적인 모습으로 여성을 유혹하고 있다는 사실 또한 쉽게 깨달을 수 있다.

❸

동물에 비하여 사람의 치장은 훨씬 정교하며 복잡하고 다양한 방식을 띈다. 이 치장의 가장 대표적인 한 가지 방법은 좋은 직장을 선택함으로써 자신이 유능한 존재임을 과시한다.

대학을 졸업하고 나면, 자신의 능력을 배가로 증가시키기 위하여 고시 합격을 하거나, 대기업에 취직한다. 특정한 언어를 배우기도 하고, 살 집을 장만하며, 멋있는 차를 운전하고 다닌다.

남자에게 있어 자신을 과시하는 방법은 비단 이 것뿐만이 아니다. 자신의 다양한 능력을 계발함으로써 사회적 영향력을 강화시킬 수 있는 힘을 기르려고 노력하기도 한다. 국회의원이 되거나, 고급관료가 되기 위하여 노력한다.

이 장식은 동물적 치장보다 훨씬 강한 사회적 영향력으로 나타난다. 이 힘으로 가족을 거느리고 사회적 활동을 하게 되는 것이다. 바다코끼리가 강한 힘을 과시하여 하렘의 군주로 군림하는 것과 비슷하다. 사람의 파티는 동물인 수컷의 힘보다 훨씬 복잡하며 사회화되어 나타난다.

4

인간이 도덕이라는 이름으로 일부일처제를 주장하지만, 그렇지 않는 나라도 많이 있다. 주로 일부다처제를 지향하는 국가들인 이슬람 문화권의 국가들이다.

남성은 그 성격상 많은 여성을 아래로 거느리고 싶어 하는 동물적인 본성이 있다. 이 욕구의 대표적인 발산 방법이 성을 구매하여 접대로 하는 외도 문화로 나타난다. 제도권에서 수렴하지 못한 여러 여성을 거느리고 싶어 하는 인간의 기본적인 욕구가 이러한 음성화된 골목 문화로 표출되어지는 것은 아닐까?

여성을 거느리는 방법은 고도화된 사회에 있어서는 돈을 지불함으로써 성적 종속을 요구하는 방법으로 이루어진다. 이슬람 문화권처럼 제도권 가운데 있다면 경제적 부를 가짐으로써, 자신이 원하는 아름다운 여인을 거느리는 특권을 누릴 수 있을 것이다.

⑤

인간의 본질적 특성은 사회에 얼마나 자신의 영향을 미칠 수 있는 힘을 얼마나 크게 가질 수 있는가에 대한 관심으로 나타난다. 민주주의 국가에서 대통령과 국회의원이 되는 것, 혹은 공산주의 국가에서 당 서기가 되는 것, 이 모든 것이 자신의 사회적 영향을 강화시킴으로써, 자신의 힘을 더 능력 있게 과시하는 하나의 방법이 된다.

⑥

더 나아가서 힘을 가지려는 가장 고도의 정교한 방법은 숭고한 정신세계의 추구이다. 달라이 라마와 같은 수도자로서의 글은 많은 사람들에게 심금을 울리며 다가간다. 이 힘은 보이지 않고, 많은 사람의 심금을 울린다. 정작 많은 사람들에게 영향력을 끼치는 본인은 부인하겠지만, 자기 자신을 치장하기 위한 인간의 근본적인 욕구본능과 무관하지 않아 보인다.

제5부
행복한 사람

고독

❶

아무도 없이 혼자 사는 방법에 대하여 고민해 본적이 있는가? 그 누구도 없이 나 혼자만이라는 생각을 해 본적이 있는가?

고독이라는 병은 저만큼에서 성큼 다가와 어느새 내 곁에 와 있다. 그 누구도 나의 곁에 있지 않으니 죽음만 엄습해 올 뿐.

그 누가 나의 친구가 되어 주려는가? 나의 고독한 밤에 함께 있어 함께 별을 헤려는가? 누가 나의 이야기를 들어주려는가?

❷

고독이라는 병은 너무 가까이에 있다. 멀리 떨어져 있으면 좋으련만. 우리를 죽음에도 이르게 하고, 무기력에도 빠져들게 한다. 고독이란 이런 것인가?

❸

고독은 우리를 죽음에도 이르게 하고, 아무도 없는 외로움으로 우리 자신을 내어 몰게 한다. 홀로 있다는 생각으로, 홀로 있는 어둠속으로.

❹

인생이란 으레 그런 것이 아닌가? 홀로 외로이 왔다가 홀로 말없이 사라지는 것이 인생 아닌가?

그렇게 말로 얼버무리기엔 너무 외롭고 쓸쓸하다. 특히 봄이나 가을, 몸이 아픈 쓸쓸한 겨울밤, 홀로 외로울 때, 고독이라는 병은 너무나 끔찍하다. 너무 싫지만 그렇게 찾아온다.

누구에게 말을 걸 힘조차 없다. 돈이라도 넉넉하면 그냥 물 쓰듯이 푹푹 쓰련만. 알지 못하는 한 사람을 연인이라도 만들려만. 설령 돈이 넉넉하다고 한들, 누가 내 마음을 채워주랴! 마음 한 녘엔 허전함만 남는다네. 그래서 더더욱 알 수 없는 것이 고독이라는 병이다.

⑤

사람들은 고독이 무서워 결혼을 서두르는 걸까? 누군가에게 살을 맞대어 마음을 누이고, 위안을 받으려는 것이 아닌가?

돈과 권력과 명예가 무슨 의미인가? 무슨 소용이 있는가? 더 힘든 허례의 겉치레에 마음은 더 고통스러울 뿐.

누군가 나와 함께 걸어줄 사람은 없는가? 그래서 끝없이 대화를 해도 싫증나지 않는 친구를 갖고 싶다고 했는가?

⑥

고독이란 쓸쓸함의 병. 외로움. 겨우내 한강물이 얼어 있는 앙상한 나뭇가지. 아무도 찾아오지 않는 살을 에는 겨울.

⑦

사람들은 맘이 변하는 인간이라는 친구 대신 강아지든 고양이든 애완동물을 사랑하고 거기에 정성을 쏟는다. 동물들은 애정을 받은 만큼 더욱 가까워지고, 사람들처럼 배반하지는 않을 테니까.

8

고독이란 병이 무섭다는 건 철학자들만의 이야기인가? 미소 띈 한 젊은이의 편지에서 외로움과 쓸쓸함이 배어 나오는 이야기를 듣는다.

누군가에게 친구가 되어 줄 수 있으면, 이 또한 행복이 아니겠는가? 쓸쓸한 이들을 찾아가 그에게 조그마한 위안이 되고 싶다.

치유

❶

상처를 치유할 수 있는 것은 사랑밖에 없다. 고독을 치료할 수 있는 단 하나의 방법은 사랑이다.

커진 상처를 어루만지고 치료할 수 있는 건 화해와 용서의 손길을 내민다고 해결되는 것이 아니다. 오로지 사랑뿐이다.

❷

마음을 치유할 수 있는 건 때때로 시간이지만, 세월이란 이름으로 다가오는 망각이지만, 그래도 사람들에게 용기와 희망을 주는 것은 사랑이다.

따뜻한 한마디의 말과 따스한 미소. 다가오는 손길을 기다리는 사랑이다.

❸

인간은 사랑을 실천할 수 없어 거룩한 하나님의 손길에 그 사랑을 의존한다. 그분의 도우심으로 조금이라도 변화될 수 있기를 기도한다.

기도는 사랑이다.

❹

한 영혼이 치유되는 것을 바라보는 것은 기쁨이다. 그러나 그 불쌍한 영혼은 치유와 사랑의 기쁨을 알지 못한다. 그 상처가 너무 크기 때문이다.

우리가 하나님을 알 수 없지만, 그래도 우리가 조금은 알 수 있는 건 하나님의 그 크고 자비로우신 얼굴을 만나는 순간 어느새 우리도 모르게 우리가 사랑의 사람으로 변화되고 있다는 사실이다.

⑤

상처 난 이에게 지금 필요한 것은, 오로지 하나의 따뜻한 말과 더욱 가까이 다가오는 사랑의 언어이다. 오늘날 이것이 더욱 절실하게 필요함을 느끼는 때이다.

신의 존재

❶

지름 수만 광년의 우주에 당신이 있건 말건, 먼지투성이 하나에 지나지 않는다고 말하든, 그것은 나의 몫이 아니다. 오로지 신(God)의 뜻만이 영원히 올바르게 서리라..

❷

하루살이가 오늘 살다가 가도 우주가 있건 말건 알 필요도 없다. 모르고 지나가는 자그마한 일상일 뿐.

개구리가 우물 안을 벗어나면 다른 세상이 없다고 느낀다고 생각하듯, 당신과 내가 있는 세상 또한 그렇게 느껴질 따름이다. 머리 위로는 오로지 푸른 하늘만 보이듯, 창공만이 저 너머까지 뻗어 있다고 생각할 따름이다.

❸

영화 '맨 인 블랙'의 이야기처럼 우주 안에서 또 다른 세상을 보라. 당신이 보지 못한 또 다른 세상에서 당신은 신이란 존재로 인식되고 있는지 모른다. 우리가 믿는 신이 절대적 창조자라고 믿듯, 우리 또한 다른 세상에서 그렇게 추앙받고 있는지 모를 일이다.

❹

신이 있건 없건, 당신이 이해하건 말건 신은 지금 당신을 내려다보고 있다.

그 큰 우주에 가리어 보이지 않든 다른 차원의 장막에 가리워 보이지 않든 신은 지금 당신의 곁에 실제 함께 운행하고 있음에도 당신이 느끼지 못할 뿐이다.

신이 당신의 가까이 있음에도 불구하고 신의 존재 이유를 몰랐다고 하는 것은 당신에게 있어 이유가 되지 못한다. 신은 현재 존재 그 자체로 당신의 가까이에 지키고 있을 테니까.

⑤

인간의 양심이 스스로 신의 존재를 증언한다. 당신 마음속에 있는 신의 양심을 닮은 당신 자신의 모습이 신의 존재를 증명하고 있다.

⑥

마지막으로 죽음의 임재의 순간, 신이 묻는다면 무엇을 주겠는가?

신이 없다고 했다면, 자유롭게 떠날 수 있겠지만 모두가 그렇지 못하다면, 저승사자를 이야기하는 많은 사람들의 증언을 듣는다면, 그것은 희미한 영혼의 소리인가?

⑦

신이 가르치신 지상명령을 따라 살기를 바란다. 올바르고 착하고 부끄럽지 않게, 그렇게 살기를 바란다.

무엇인가? 이 세상을 살아야 하는 이유가 무엇인가? 신이 진정 당신에게 깨닫기 원하는 일이 아니겠는가?

종교

❶

종교를 갖는 것은 갖지 않는 것보다 낫다. 종교를 가짐이 남들보다 나은 것은 절대자이신 신이 당신을 보호해 준다는 확신 때문이다. 또한 자신의 한계를 인식하고 언제든지 겸허하게 세상을 바라볼 수 있기 때문이다.

❷

종교를 가지라고 권면하거나, 갖도록 독려하는 것은 무의미한 일이다. 종교를 받아들이는 것은 오로지 자신의 주관적 판단에 따른 일이기 때문이다. 그러나 절대자이신 하나님의 거룩한 손길에 잡혀 본 사람이라면 충분히 종교를 이야기할 수 있으리라.

위대하시고 거룩하시며 절대자이신 하나님의 손길에 잡혀 보라. 하나님의 그 거룩한 은총 안에서 평안을 얻게 되리라.

❸

사람들에게 자유를 말하라고 한다면 아무런 보살핌이 없는 새처럼 저 하늘을 날아오르는 여유로움으로 설명한다.

하늘을 훨훨 나는 새들이 하나하나 보살핌을 받는다는 사실을 설명한다면, 종교나 절대적인 하나님의 손길의 필요성을 이야기 할수 있을까? 어떤 이에게는 종교가 필요 없을 것이나, 어떤 이에게는 절대적인 하나님의 손길이 꼭 필요한 법이다.

하나님은 그 거룩한 손으로 새처럼 뛰노는 아이에게 다가가 꼭 이야기하고 싶어 하신다. 그런 사람은 거룩하고 경건하며, 인생을 정직하게 살아온 사람이다. 이런 사람에게는 행복이 있다. 왜냐하면 거룩하신 하나님께서 그를 찾을 테니까.

④

종교를 가질 것인가? 말 것인가? 이에 대하여 질문하라면 분명하게 종교를 가지라고 대답할 것이다. 어느 종교를 가질 것인가에 또한 질문한다면 분명 기독교라고 대답할 것이다. 각자의 하나님의 거룩한 부르심에 의존하지만, 기독교는 진취적이면서도 경건하며 정직한 생활을 가르친다. 더 나아가 하나님의 절대적인 부르심과 그 응답을 가르치기 때문이다.

하나님께서는 그 크고 부드러우신 손으로 어루만지시며, 당신이 응답하길 바라신다. 그리고 당신이 더욱 강하고 담대해지기를 바라신다. 이보다 더 큰 축복이 있겠는가?

하나님은 인간의 궁극적인 죄의 문제와 영원한 생명의 길에 대하여도 말씀하신다. 당신이 설 자리가 어디인가 생각해 보라. 어떤 인생을 살 것인가 생각해 보라. 하늘을 나는 새처럼 그냥 자유롭게 살 것인가? 아니면 보이지 않는 크고 부드러운 미소로 당신을 살피시는 보살핌을 받을 것인가?

⑤

종교에 대한 궁극적인 선택의 자유는 당신에게 있다. 그러나 당신의 생활이 풍요롭고, 더 나은 생활을 누리기를 원한다면, 하나님의 거룩하신 부르심에 응답해보라. 인생의 행복을 분명하게 느끼게 될 것이다.

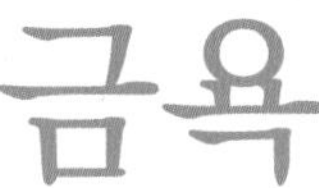

금욕

❶

인간으로서 가장 크고 어려운 일 중의 하나는 금욕이라는 행동을 실천하는 일이다. 모든 욕구를 통제한 채 수도승으로 살아가는 것은 인생의 또 다른 해답을 얻는 방법이기도 하다.

오로지 절대자이신 신의 위대함에 귀의하는 행위야 말로 어쩌면 절대 행복이 아니겠는가? 위대한 수도사들의 행적을 들을 때마다 진정한 행복의 의미를 안 그분들의 삶이 부러워질 따름이다.

❷

금욕을 실천하는 행위는 굳이 어떤 목적이라기보다는 거룩한 생활을 배워가는 하나의 과정으로서 꼭 필요한 일이다. 절대적으로 거룩한 삶을 사는 사람도 없고, 비록 거룩한 삶을 산다고 해도 또 마음속으로 거리끼는 마음을 조금이라도 갖는다면, 그 삶 또한 범인의 나락에 들지 않겠는가?

❸

하나의 절제를 실천하기 전에 금욕의 욕구를 찾는다면 이는 행복한 사람이다. 새로운 자기 계발의 첫 출발 단계이기 때문이다. 자신을 어떤 주어진 격식에 의해 통제하고, 세상의 문화의 영역에서 조금이나마 벗어날 수 있는 길을 발견하는 길이기 때문이다. 이렇게라도 하지 않으면 나 자신을 잃어버리기 쉽고, 다시 나를 찾을 수 없기 때문이다.

유흥가에 휩싸여 한 잔 두 잔 술을 들이키다 보면, 눈 앞에는 괴이한 형상

이 보이기 마련이고, 성 꼭대기에 올라서 떨어진다 해도 누군가 받쳐줄 것 같은 허망한 공상에 잠기기 때문이다.

잠시 위로 받을 수 있는 건 한잔 술이지만, 영원한 안식의 보금자리에 몸을 누이는 것은 절제와 금욕이다. 이걸 실천할 수만 있다면, 결코 생활이 흐트러지지 않으리라. 사람들에게서 경건한 사람으로 추앙을 받을 수 있으리라.

영혼

①

나의 영혼이 순수하고 맑아지기를. 누가 보아도 순결하고 아름답고 평안하게 느껴지기를. 내 영혼이 그 누구보다도 정결해지기를.

사랑하는 마음을 가진 영혼은 그 모습이 아름답다. 그 모습은 영롱하고 생기 가득한 그런 아름다운 모습. 이웃을 위해 선을 베풀고, 가난한 사람을 위하여 자신의 주머니를 열 줄 아는 그런 아름다운 영혼의 모습이다.

②

우리의 죽은 이후의 영혼의 모습, 어떠할까? 죄악 가득한 내 영혼, 어떤 모습으로 남아 다른 이들에게 이야기를 들려줄까? 우리의 모습에 보이지 않는 새로운 세계, 그곳에서 내 영혼은 어떤 모습으로 남아 후손들에게 비쳐질까?

③

돌이켜보면 두려움이 앞선다네. 나는 어떤 모습으로 살아가고, 어떤 이야기를 남기며 내 영혼을 가꾸어갈까? 술과 돈에 찌들어 있는 모습은 아닐까? 그저 그렇게 살다가는 모습일까? 별과 같이 빛나는 모습이어야 할 텐데. 마음만은 새로워지는데, 하나님은 날 바라보시며, 날 기억하시는 것일까? 어두운 마음을 조금이라도 달래보는 기도회 저녁.

④

다른 사람들과 내가 다른 건 맑디맑은 순수한 영혼을 소유하고 있다는 사실. 이 하나로 행복하다. 비록 많은 돈과 재물은 건지지 못했지만, 내 영혼은 천국에 있다는 사실. 이 하나로 내 마음은 항상 노래를 부른다. 찬미의 노래를.

⑤

어떤 이는 영혼이 없다 하고, 어떤 이는 영혼이 천국에 가야 한다고 하고, 나는 알지 못하지만, 이 하나는 알게 되지. 바로 주님이 함께 하시고 계시다는 사실. 우린 죽은 후에 천국에 가게 된다네.

죽으면 이 세상의 모든 것들, 내려놓게 되지. 그리고 내 영혼은 천국의 빛의 세계로 가게 되지. 많은 사람들이 이걸 모르고 산단 말이야. 그래서 고민이네. 그윽이 맑고 고운 모습으로 하나님께 나아가길 바래. 그래서 천국으로 함께 가는 거야. 주님 앞에 서서 고백하게 되지. 내가 걸어왔던 길은 아름다움의 길이었다고. 그렇게.

오해 받음

❶

최근에 성경을 연구하면서 알게 된 진실이 하나 있다.

예수님의 죽음, 이 세상의 수많은 사람들로부터 그분이 받았던 가장 큰 고난과 고통은 무엇이었을까? 십자가의 형벌, 그 자체일까? 아님 고통의 죽음일까? 아님 진실로부터 왜곡된 이 세상의 문화에 대한 괴리일까?

수많은 질문 중에 하나 알게 된 것, 바로 그 고통은 세상으로부터 또한 사람들로부터 '진리가 오해받고 있음'을 받아들일 수밖에 없었다는 사실 하나였다. 진리이셨던 예수 그리스도, 그분 자신이 이 세상으로부터 진리가 아니라고 '오해 받음', 그것이 가장 큰 고난이며 고통이셨다.

❷

외면과 배척을 당한 예수님의 '오해받음', 십자가의 죽음보다도 더한 고통이었다. 사랑하던 부모 형제에게까지 '오해받음'에 대한 예수님의 모습, 성경 곳곳의 기록이 이를 증언하고 있다.

마지막 죽음의 순간까지 사랑했던 선민 이스라엘로부터, 이방인이었던

로마 병정들에게까지 '오해받음'은 예수님의 십자가 중 가장 큰 고통이요 아픔이었다.

십자가에 달린 죄수 하나가 예수 그리스도, 그분을 인정할 때까지도 그분의 오해받음은 사랑하던 부모 형제, 제자들에게서도 마찬가지였다.

하나님의 외 아드님으로 이 세상에 내려와 사람들의 자리에 이른 그분의 낮아지심이, '오해받음'의 결론으로, 결국 십자가의 죽음까지 이르렀으니 이 얼마나 가혹한 고통인가?

성부 하나님께서 계획하신 인류 구원에 대한 사랑은, 선하신 하나님의 성품을 가지셨던 하나님의 외 아드님이 세상으로부터 '오해받음'으로 '십자가의 죽음'을 이루셨고, 부활의 승리로 결말을 맺게 되었다.

인류의 구속은 진정 하나님께서 인간을 위하여 대속의 흠 없는 어린 양

예수 그리스도를 속죄 제물로 드릴 때에만 가능한 일이었다. 인간으로부터 '오해받음'을 당한 하나님의 진리이신 그분의 본체의 모습은, 결국 그분 자신의 성품을 가지신 외 아드님의 모습에 담아내셔야 하지 않으셨을까?

④

오해받음은 예수님처럼 결국 한 사람을 죽음으로 이끌고, 어떤 내성적인 이에게는 자살이라는 인생의 종말을 맞게도 만든다.

⑤

'왕따'라는 말과 '아싸'라는 말도 오해받음의 일종이다. 오해받음은 사람을 병들게 하며, 소외되게 하고, 아픔을 겪게 한다.

⑥

왕따를 당하는 아이들을 대변하는 아들을 장하게 여겼다. 비록 학업 성적은 썩 좋지 않아도 친구들을 사랑하는 아들에게 감격을 느꼈다. 이것이 부모의 마음이다.

그렇게 자신감 넘치던 딸이 고민을 한다. 뒤늦게 들어간 대학에서 친구가 없다. 나이 탓이겠지만, 예수님의 고통을 이해하면 딸이 눈물 흘리는 것을 이해하게 된다. 그러나 고독과 고통 가운데서 성장한다는 사실을 딸이 언제쯤 이해할까?

⑦

그 유일한 치유는 사랑이다.

'오해받음'을 치유할 수 있는 길은 하나님의 인간에 대한 끊임없는관심처

럼 그 아이에 대한 사랑이다.

왕따의 아들과 딸에게 부모의 따뜻한 사랑이 없으면 어찌 아이가 위안을 얻을 수 있겠는가? 맞벌이 부모가 많아지는 요즘, 우리의 자녀를 생각해 볼 일이다. 아이들이 제대로 성장해 가고 있는지, 한번쯤 되짚어보고 관찰해 볼 일이다.

⑧

'오해받음'은 뚜렷한 해결책이 없다. 하나님의 사랑만이 치유할 수 있을 뿐. 예수님도 성부 하나님께 자신을 의탁함으로 위안을 얻었다.

하나님을 아는 사람들이라면, 그 '오해받음'의 치유는 절대자이신 한분 하나님께로부터 얻어질 수 있는 유일한 사랑으로부터 얻어진다. 아무도 한 아이의 마음을 읽을 수 없지만, 위대하신 하나님께서는 어느 한 인격도 잠시 떠남이 없이 그분의 귀를 기울이시고, 그의 소리를 듣기를 원하신다. 이것이 성경이 결론짓고 있는 하나님의 인간에 대한 사랑이다.

'오해받음'의 고통 한가운데를 지나는 한 영혼을 하나님께서 사랑하시고, 그 깊은 관심을 기울이신다는 사실을 이제야 알 듯 하다.

소원

❶

우리에겐 소원이 하나 있네. 하나님을 향한 열정과 사랑, 언제나 주님과 함께 거하는 것

주님을 믿는 누구에게나 있는 소망과 사랑, 단 하나의 소원. 한평생 주님의 집에 살면서 주님의 자비로운 모습을 보는 것과 거룩한 산에서 주님과 의논하면서 살아가는 것. (시27:4)

❷

주님의 집에 거하는 사람들. 주님의 거룩한 성산에 함께 머무를 사람들.

깨끗한 삶을 사는 사람
정의를 실천하는 사람
마음으로 진실을 말하는 사람
혀를 놀려 남의 허물을 들추지 않는 사람
친구에게 해를 끼치지 않는 사람
이웃을 모욕하지 않는 사람.
하나님을 업신여기는 자를 경멸하고
주님을 두려워하는 사람을 존경하는 사람
맹세한 것은 해가 될지라도
깨뜨리지 않고 지키는 사람
높은 이자를 받으려고 돈을 꾸어주지 않으며
무죄한 사람을 해칠까
뇌물을 받지 않는 사람

이런 사람은 영원히 흔들리지 않는다네. (시15편)

나는 이중 하나도 지키지 못하는데
주님의 거룩한 산에 머무를 수 있을까?

③

주님, 기도합니다.
주님의 사랑을
주님의 함께 하시고 계심을

내 평생에 두 가지 일을 구하였으니
제가 죽기 전에 이루어지기를 기도하였네.

허위와 거짓말을 내게서 멀리하게 하여 주시고
저를 가난하게도 부유하게도 하지 마시고
오직 저에게 필요한 양식만을 주시기를

혹 내가 배불러서 주님을 부인하여
'주님이 누구냐'고 말하지 않게 하시고
제가 가난해서 하나님의 이름을
욕되게 하거나 하지 않도록 하여 주시기를.
(잠30:7-10)

④

내 마음의 소원은 오직 단 하나
제가 가난해서 하나님의 이름을
욕되게 하거나 하지 않도록 해 주시기를.

⑤

내 마음의 소원은 오직 단 하나
오직 하나님만 구하려네.

한평생 주님의 곁에 살면서
주님의 자비로운 모습을 보는 것과
성전에서 주님과 의논하면서
살아가는 것 (시27:4)

⑥

나는 주님께 기도하네.
내가 살아가는 이유
지금까지 나는 몰랐으나
나 사는 이유, 내가 살아가는 이유
오직 주님만을 위하여 사는 것.

기도

❶

두 손을 모아 기도하는 것은 기쁨이다. 말할 수 없는 인내와 각고의 세월의 시간을 지난 다음에도 함께 모여 이야기할 수 있는 건 내 깊은 마음 속내를 드러낼 수 있는 곳이 있기 때문이다.

아무리 외쳐도 지치지 않을 만큼 아무리 오래 이야기 하여도 다하지 않을 만큼 내 이야기를 드릴 수 있는 건 행복이다.

❷

절대자이신 신에 대한 참회와 기원, 소망을 비는 것들은 내가 믿음을 갖고 있기 때문이다. 위대하신 하나님을 신뢰할 수 있는 그보다 큰 행복이 있을까?

절대자이시며 참 신이신 거룩하신 하나님께 기도해 보라. 당신의 소망이 들리지 않겠는가? 이 세상을 주관하시는 위대하신 하나님께서 당신을 기다리시고 있다는 사실을 잊지 말라.

❸

기도는 내 모든 것을 맡기는 것. 소망의 품을 절대자이신 하나님에게 두는 것.

당신의 일생이 행복해지기를 바란다면, 기대어 보라. 위대하신 하나님께 당신의 일생을 맡기어 보라.

④

세상이 소용돌이 칠 때, 나나 당신이 의존할 수 있는 것은 절대자의 부름에 대한 응답, 기도뿐. 기도는 이 세상의 모든 것을 초월할 수 있게 하고, 진리에 서서 바른 길을 갈 수 있게 한다.

기도는 악한 것에 휘둘리지 않게 하며, 얄팍한 것들로 나 자신을 잃어버리지 않게 한다. 왜냐하면 기도는 깊은 내면으로부터 위대하시며 절대자이신 하나님을 향해 우러나오는 진실한 소망의 마음을 담고 있기 때문이다.

⑤

기도는 명상이다. 때때로 부르짖을 수 있지만, 기도는 고요 속에서, 절대자이신 신의 부름에 대한 응답으로 평안과 고요 속에서 넘쳐 남을 알아야 한다.

기도는 신의 본연의 성품을 따라 그분의 거룩한 속성에 참여하는 길이다. 그래서 때로는 깊은 고요와 명상이 함께 수반되어야 함을 알아야 한다.

천국

❶

너와 내가 지금 있는 이 자리. 찬미의 소리가 들리고, 하나님의 말씀이 있어, 함께 노래를 부르면, 여기가 바로 천국 아닌가?

천국을 향한 꿈은 영원하다. 우리 모두 죽음 이후에 영혼이 있다면 당연히 천국을 향해야 할 것이 아닌가? 불교는 열반을 이야기 하고, 극락중생을 소망하지 않는가? 우리의 꿈은 무엇인가? 과연 천국이 있다면 그곳에 머무르고 싶지 않는가?

내가 처음 하나님을 만난 건, 스물한 살 때, 어려운 일을 당해서 기도중일 때였다. 지나보면 지금까지 부끄러운 일도 많았고, 하나님께 죄스러운 일도 많았다. 지금 이 순간에도 하나님을 떠나지 않으며 살 수 있는 건 바로 그분의 크신 사랑 때문이었다. 내가 하나님을 알게 된 것도 그분의 찾아오심이었고, 지금 생각해 보면, 그분의 그 크고 부드러우신 손이 항상 나를 품안에 안고 계셨기 때문이었다.

천국이 있느냐? 없느냐? 천진난만한 아이 같은 질문이기는 하지만, 천국을 믿지 않는 사람들에게는 불행하겠지만 분명히 천국은 있다. 그 짧은 경험을 평생토록 떠나지 못한 바울의 소망은 다시 한 번 그곳에 가고 싶은 것이었다. 나 역시 평생토록 다시 한 번 그 경험 속으로 아니 영원히 빠져들고 싶은 소망이 있다.

④

천국은 하나님이 계신 곳! 빛이 계신 곳! 모든 것이 찬란한 빛 가운데 싸여 영원한 사랑이 가득한 곳. 믿는 사람들이 가는 곳. 그렇지만 지옥은 불로써 소금 치듯 하는 곳, 우리가 알지 못하는 지옥은 수많은 사람들이 고통 속에서 울부짖는 곳. 누구든 이 피비린내 나는 고통을 떠나 천국을 향하고 싶어 하리라. 단테의 '신곡'을 껴안고 천국과 지옥을 여행해 보는 것도 좋은 일일 거니.

⑤

믿는 자여 들으라. 너의 의지와 자유! 이 모든 것을 활용하여 하나님의 영광을 찬양하라. 그분은 위대하신 분이시니! 너의 착한 행실을 그분께 드리라. 그리하면 천국의 상급이 있으리니. 그 상급은 면류관으로 보상되리라.

천국을 소망하며 사는 것은 즐거운 일이다. 천국은 소망하는 사람들의 것이므로, 그분을 향해서 우리 모두 달려가자. 그리하면 천국에 이르리니, 그곳에서 영원한 사랑의 사람들의 이야기를 들으며 나아가자. 그 사랑의 사람들을 함께 만나보자.

제6부
아름다운 인생

따라가기

- 두 사람이 걷는 길은 행복이랍니다.

1. 만남

당신과 내가 서로 만난 건 대화였죠.
서로가 궁금해 하고
서로가 누구인지를 묻기 시작한 순간부터
당신과
나의 만남은 시작되었죠.

그래요

길을 가다가
서로에게 궁금해지고
어느새 당신의 따뜻한 마음에 끌리고
서로는 헤어질 수 없었죠.

영원히 함께 살 수 있을 것 같았죠.
그리고 차츰 사랑이 싹터 오르기 시작했죠.

그래요.
사랑이 전부인줄 알았답니다.
사랑만 있으면 무엇이든 할 수 있을 것 같았죠.
그게 우리의 인생이니까요.

사랑만 있다면

이 눈보라치는 세상도
얼마든지 헤쳐나갈 수 있을 것 같았죠.
그랬답니다.
적어도 사랑할 때는
모든 것이 꿈결 같았죠.
영원히 헤어지지 않을 것이라는
약속을 되풀이 해봤죠.
밤잠까지 설쳤으니까요.
그래요. 사랑은 달콤하고 아름다웠어요.

그 첫 만남은 바로 대화였죠.
그에게 말을 걸기 시작하면서부터
모든게 시작되었죠.
달콤한 사랑의 언어가 말이에요.

2. 사랑

두 사람이 걷는 길은 행복입니다.
아무도 그 두 사람의 사이를 갈라 놓을 수 없죠.
당신의 결점 조차도 너무나 아름답게 보이고
나에게는 행복으로 다가올 것 같았답니다.

내가 걸어가는 길에 언제나 당신은 함께 했고
앞으로도 영원히 나와 함게 할 것이라는 것을

알고 있기 때문이랍니다.

우리에게 이별이란 없을 것이고
당신을 바라보는 그 하나만으로도

마음속에 따뜻한 평안함이 넘쳐난답니다.

사랑은 마음속 깊은 곳으로부터 피고
당신을 바라보는 눈빛으로 세상을 바라보게 된답니다.
온통 하얀 눈 세상은
당신 하나만이 나에게 보여지게 하고
나는 당신의 공주가 된 느낌이랍니다.

세상은 정말 아름다울 거예요.
당신과 내가 서 있는 이 세상은
정말 아름다울 거예요.
아무도 알아주지 않는다 해도
우리들이 함께 하는 이 세상은
정말 아름다운 세상이 될거예요.

아무리 어려움이 와도
아무리 어려움이 나를 찾아온다 해도
당신을 바라보는 나의 눈빛은 변함이 없을 테니까요.

3. 침묵

때로는 멀리 떨어져서 당신의 얼굴을 바라볼 때도 있죠.
너무 가까이 있음을아는 까닭에
때로는 저만큼 떨어져서 당신의 얼굴을 바라본답니다.

무엇일까요? 인생은
당신과 내사 살고 있는 이 세상은
얼만큼 내게 당신의 세계를 보여주는 것일까요?

나는 당신에게 영원히 변치 않는 존재가 될 수 있을까요?
그렇게 물어보고 싶었답니다.

그냥 물끄러미 당신을 바라보고 서서
하루 종일 말없이
그렇게만 바라보고 싶을 따름이랍니다.

4. 충고

당신에게 따뜻한 충고 한마디 해 주죠.
오로지 나를 생각하라는 것,
오로지 나만을 생각하라는 것.
그래요. 그게 사랑이예요.

나외에 아무도 바라보어선 안되요.
오로지 당신은 나만을 바라보아야 한다니까요.

적어도 날 사항한다면
당신은 나만을 아끼고
날 사랑할 준비가 되어 있어야 하죠.

그래요. 당신을 사랑하기 때문이에요.
온통 하얀 눈처럼
그 맑고 순수한 마음으로
당산을 바라보기 때문이에요.

5. 아픔

나의 마음을 아프게 하지 말아요.
당신을 잃는 나의 마음은 너무나 아프답니다.

당신의 미소를 바라보고
오직 당신 하나만을 바라며
나의 일생은 시작되니까요.

사랑이 있는 이야기는 아름답고.
당신을 바라보는 나의 마음도 아름다우니까요.
당신을 사랑하는 마음은 언제나
열정으로 가득하니까요.
당신을 향한 열정은 식을줄 모른답니다.

그런데 당신은 나의 마음을 아프게 하는군요.
너무 나의 마음을 이해하지 못하는군요.

그윽히 당신을 바라보는 나의 마음이
아름답지 않나요?
아름답게 느껴지지 않나요?
당신은 나를 향하여 사랑을 느끼지 못하나요?

온통 세상에는 당신의 그림자분이랍니다.
당신 하나만을 바라보는데
당신은 저 멀리 있군요.
저 멀리서 내 얼굴을 쳐다보는군요.

당신을 향한 그리움이 이 만큼 큰데
어찌 당신은 나의 마음을 몰라주나요.

온통 바람소리가 차고

하얀 눈발이 날리는데
당신은 어디서 나의 음성을 들으려는건가요?
어디서 나의 사랑이야기를 들으려는 건가요?

6. 평행

때때로 의견이 충돌할 때
얻어지는 것은 평행이랍니다.

두사람이 똑 같이 의견이 팽팽히 맞서서
서로의 눈빛을 노려보는 것은
사랑이 식었을 때
냉전이 시작되는 시기이랍니다.

아무도 나의 마음을 알아주는 이 없죠.
눈가엔 이슬이 맺히고
맘속엔 눈물이 맺히고
오직 한 사람만 바라보고 살아왔는데
이야기는 평생선을 달리네요.

의견충돌을 벗어날 방법은 없을까요.
잠시 떨어져서 멀리 응시하는 방법은 없을까요.
그의 사랑을 확인하고 싶은데
그럴 시간이 전혀 없네요.
아니 그럴 시간을 전혀 주지 않네요.

사랑은 이런 게 아니라는데
사랑은 서로를 이해하는 거라는데
지금 우리는 평행선을 달리고 있네요.

누군가 양보를 해 주어야 하는데
누군가 하나는 양보를 해야하는데
지금 서로는 그럴 마음이 전혀 없네요.
그냥 각자 잘난 대로 살아라 하네요.

대화가 끊어지면 안돼
이야기가 끊어지면 안돼
서로에게 애정이 필요한 시간
누군가 중재가 필요한 시간
사랑이 저만치 눈물을 흘리며 가고 있네요.

7. 이별

이별은 너무나 가슴 아픈 일이에요.
아무도 나의 마음을 알아주는 이 없죠.

당신이 아니라면 그 누구도
나의 마음을 이해할 수 없을 거예요.
당신이 멀리 떠나버린 순간에는
아무것도 보이지 않죠.

당신이 곁에 있다는 사실 하나로 행복했는데
당신이 떠나는 순간에

나의 인생은 죽음일 거예요.

사랑이 무엇인지를 아는 까닭에
사랑만이 나의 모든 것을 아는 까닭에
사랑을 잃어버린 이 순간에는

더 이상 살 마음이 없어진답니다.

이별은 아픈 거예요.
당신이 나의 마음을 알까요?
나의 타는 듯한 심장의 고동소리를 알까요?
절망에 차 있는 내 모습을 당신은 알까요?

그렇답니다.
사랑이 어느새 타 올라
이별의 아픔을 노래하는군요.

눈물이 일어나
슬픔의 연가를 부르는군요.

언제 다시 만나려나
알 수 없어요.
오직 당신이 떠나는 길에는
하얀 눈송이 만이 송이져 내리는 군요.

더 이상 내게 사랑이
무슨 의미가 있을까요?

어둠의 세상
죽음만이 온통 칠흙같은 세상을 만들어
나의 주위를 감싸는군요.

당신은 어느때쯤 내게 나타나
사항을 속삭여 줄까요?

당신을 기다리는 마음에는

그냥 한없이 눈물만이 흐른답니다.

8. 재연

다시 만나는 것보다 행복한 건 없겠죠?

멀리 떠난 그이가 다시 내 품에 돌아와
나를 포근히 안아주는 그 기쁨보다
더 아름다운 마음은 없겠죠?

사랑한답니다.
그를 매우 사랑한답니다.

무어라 표현할 수 없었죠.
그냥 다시 만나는 인연이라는 사실
그 기쁨을 무어라 이야기할까요?
사랑이라는 말을
그냥 사랑이라는 말을
그 한마디를 다시 할 수 있을 줄이야.

다시 만났답니다.
인연은 그런건가 보죠.
다시는 만날 수 없었을 것 같은
그를 다시 만났답니다.
사랑은 이런 건가 보죠.
정말 사랑은 이런 건가 보죠.

기나 긴 기다림의 끝에
다시 찾아온 사랑을 두고 무어라 하나요.

온통 세상은 새하얀 눈밭이랍니다.
사랑한다는 말을
사랑한다는 말을
다시 하게 되었으니
이 보다 더 기쁜 일은 없죠.
이 보다 더 신나는 일은 없죠.
내 생애에 최고의 순간이랍니다.

9. 행복

사랑만큼 아름다운 것은 없죠.
아무도 그 사항을 이야기해주는 사람도 없죠.

이별과 아픔을 거친 후에야
사랑이 무엇인지를 확인하게 되죠.

누군가를 사랑하고 있다면
그건 분명 행복한 거예요.

당신을 사랑하는 사람이 있다면
그건 정말 행복한 일이에요.

그 사랑을 떨치지 마세요.
그 사랑은 당신을 찾아온거니까요.

혼자가 아니라 둘이 있어 행복하죠.
서로가 서로를 알 수 있으니까요.

살을 서로 맞대고 자느니만큼
외롭지 않죠. 외롭지 않게 되죠.

사랑이 예 있으니 사랑을 따라 살리.
사랑이 예 있으니 사랑을 하며 살리.

행복이 뭐 별다른 건가요?
사랑하면 행복해지게 되죠.

이별의 아픔을 겪어본 사람만이
사랑의 소중함을 알죠.

사랑은 정말 아름다운 거예요.
사랑은 정말 우리를 행복하게 하는 거예요.

당신도 경험해 보세요.
틀림없이 행복할테니까요.

아름다운 여인상

내가 사랑하는 아름다운 한 여인의 모습이 있습니다. 이 여인은 성경 잠언에 나타난 아름다운 아내와 같은 믿음의 여인이며, 교회의 연인이며, 많은 사람으로부터 애잔한 사랑을 받는 그런 사랑스런 여인의 모습이며, 또한 성경 '잠언'의 하나님께서 기뻐하시는 아름다운 여인의 모습입니다. 이제 그 모습을 이 장에 옮겨 봅니다.

그녀의 눈은 아름답습니다. 순수하면서도, 사람을 끌어들이는 매력이 있습니다. 매혹적이거나 혹은 커다랗게 둥근 눈동자는 아니지만, 어딘가 모르게 사람들로 하여금 진실을 깨닫게 하는 그런 선한 눈길을 가지고 있습니다.

그녀의 가녀린 얼굴, 거기에는 수심이 전혀 없습니다. 그녀의 얼굴은 그녀를 바라보거나 함께 있는 이로 하여금 그윽한 편안함을 느끼게 합니다. 나이가 많은 것 같지는 않지만, 한편으로 세련된 가운데 도도히 흐르는 기품은 꽤 오랜 연륜의 해를 지난 듯 느끼게 합니다. 그 나이는 주름이나, 혹은 고생의 손길에 의하여 주어진 것은 분명 아닙니다. 그녀에게는 어딘가 모르는 접근할 수 없는 위엄과 기품이 서려 있기 때문입니다.

그녀의 옷맵시는 아주 비싼 것들로 치장하지는 않았지만, 그렇다고 아주 값싼 것들도 아닙니다. 그녀의 옷깃 사이에는 접근할 수 없는 기품이 배어 있습니다. 그녀에게는 가난하지 않은 부유함과 넉넉한 여유로움이 있습니다. 그녀는 천한 것을 싫어하지만, 크게 사치를 부리는 것도 아닌데 부유하고 여유롭게 보입니다. 사치를 부릴 줄은 알지만, 그녀에게는 그녀만이 가진 남다른 절제의 미덕이 있습니다. 거기에는 무언가 거역할 수 없는 한편의 내숭이 잠재되어 있는 듯합니다. 그러나 그녀는 분명 진실합니다.

그녀는 하나님에 대하여 확신에 차 있지는 않지만, 진리가 무엇인지 알며, 진실이 어떤 것인지를 이해합니다. 그녀는 정의롭지 않은 길은 분명히 벗어날 수 있는 분별력을 가지고 있으며, 그녀가 사랑해야 할 아들과 딸, 그리고 그녀의 남편이 그녀에게 안겨준 작은 선물들을 아주 소중히 여길 줄도 압니다. 때때로 옛 인연을 버릴 줄도 알지만 마음 한 구석에 조용히 간직할 줄 아는 지혜로움이 그녀에게는 있습니다.

그녀는 책을 좋아합니다. 거실 창가에 앉아 책 읽기를 좋아하여 여러 사람과 만나 대화를 나눌 때에 말은 많이 하지 않지만, 많은 사람을 끌어들이는 매력을 가지고 있습니다.

그녀의 친구들은 그녀와 함께 이야기를 나누고 싶어 하고, 그녀가 빠진 자리라면 어디든 가고 싶어 하지 않습니다. 친구들은 젊은 시절 남성들이 참석한 모임에 꼭 그녀를 데리고 가고 싶어 했습니다.

그녀는 정중하게 거절할 줄 알지만, 어떤 때는 그 청을 거절하지 않을 때도 있습니다. 어떤 것이 필요한 일이고, 어떤 것이 필요하지 않은 일인지 알기 때문에, 그녀는 그런 모임을 무조건 받아들이지는 않습니다.

그녀는 사랑이 무엇인지를 압니다. 그녀에게 다가오는 일상이 어떤 것인지를 알고 또한 그것을 중요시하기도 합니다. 그녀는 노래는 잘 하지 못하지만, 다른 사람의 노래를 경청할 줄을 압니다. 그녀는 사람들을 매료시키는 그 무엇인가를 가지고 있습니다. 그것은 그녀가 헤프거나 혹은 잦은 웃음에서 오는 것이 아닙니다. 그녀는 분명 어떤 사람과 대화를 나눌 때에도

진한 깊은 것은 부담스러워하며 그의 진실한 마음을 이해하려고 노력합니다. 그리고 떠날 때에는 그 마음 속 깊은 곳의 진실을 이해하며 헤어짐을 아쉬워하기도 합니다. 그녀는 말을 하지 않지만 헤어짐의 뚜렷한 눈길에서 그것을 이해 할 수 있습니다. 왜냐하면 그녀는 삶의 의미가 무엇인지 알뿐만 아니라, 그녀 자신과 가정의 소중함을 알기 때문입니다.

그녀는 사랑이 무엇인지를 압니다. 그것은 그녀가 진실과 애정이 무엇인지를 다른 사람에게 가르치려는 듯, 그 온 몸 가에 연민의 정이 가득 배어나옵니다. 그녀는 사람들이 접근 할 수 없는 잔잔한 위엄이 아늑한 그녀의 미소 속에 머금고 있다는 사실을 압니다. 그리고 오똑한 콧날 가운데 나타나는 당당함이 사람들에게 매력을 느끼게 합니다.

그녀가 떠난 자리에는 항상 은은한 향기가 배어있습니다. 그녀를 기억하는 이들은 그녀가 떠난 자리를 아주 오랫동안 서 있고 싶어 합니다. 그것은 그녀의 자취가 남겨놓은 은은한 자취가 그녀를 자주 생각나게 하기 때문입니다.

그녀는 제가 평생 사랑하는 '아름다운 여인'입니다.

후기

언젠가 꼭 쓰고 싶었던 글이 있었습니다. 인생의 깊은 통찰 다음에 다가오는 마음속 깊은 곳으로부터 떠오르는 사랑의 언어였습니다. 무엇을 할 것인가? 무엇을 이룰 것인가? 남은 여생을 어떻게 살 것인가? 노후는 어떻게 보낼 것인가? 끊임없이 질문하고 그 다음에 얻어지는 언어가 바로 애잔한 사랑을 가진 삶의 언어입니다.

글을 쓰면 언제나 얻어지는 건 맑은 마음과 사랑의 언어입니다. 이 책에서 담았던 하나하나의 소재는 오랜 직장생활과 목회자로서 얻어진 깊은 통찰의 결과입니다. 사랑을 담고, 그 언어를 담아 사랑의 미소를 가져가는 것이 이 책과 삶의 목적입니다.

살아가는 방법에 대해서도 그 방안이 생각나지 않을 때, 인간관계를 보듬어 보고, 다시 삶의 깊은 회한을 믿음으로 얻어가는 것이 또한 이 책에서 얻고자 하는 삶의 이유이기도 합니다.

사람을 사랑한다는 것, 그리고 그 마음 깊은 곳으로부터 영원히 지워지지 않은 사랑의 모습을 하나의 여인상으로 종결하여 담아보았습니다. 그리움을 안고서도 그것을 표현하지 못한다면 그것은 마음의 병이 되고 말 것입니다. 그러나 지나보면 바로 옆에 있는 내 가족과 사랑하는 아내, 그리고 아들딸들이 보배로운 삶에서 얻어진 결과물일 것입니다.

사랑하면 행복해집니다. 그 삶의 언어를 냉철한 세상 속에서 되돌아보며 이 책에 담아 봅니다. 행복하기를 바라는 마음과 행복한 세상 속에서 행복한 인생이 되기를 바라면서.

사랑에 대한 대답

초판1쇄 발행 2014년 7월

지은이 | 이일화
펴낸이 | 조정애
펴낸곳 | 유림프로세스
표지디자인 | 이강수
등록번호 제 301-2013-003호
등록일자 2013.1.7
서울시 중구초동 53-5
Tel (02)2264-1653 / Fax (02)2264-1655
정가 | 12,000원 ISBN 978-89-98771-03-4

* 이 도서의 국립중앙도서관 출판예정도서목록(CIP)은 서지정보유통지원시스템 홈페이지 (http://seoji.nl.go.kr)와 국가자료공동목록시스템(http://www.nl.go.kr/ kolisnet)에서 이용하실 수 있습니다. (CIP제어번호 : CIP2014020887)

KB125731